バニラエッセンス
うつ病からの贈りもの

赤穂依鈴子

星　和　書　店

Seiwa Shoten Publishers

2-5 Kamitakaido 1-Chome
Suginamiku Tokyo 168-0074, Japan

まえがき

はじめまして。私は、現在、富山県でうつ病のピア・サポート活動*を、行なっておりきます、赤穂依鈴子（あこう　えりこ）と申します。

*セルフ・ヘルプより、『ピア・サポート』という、響きが好きなので、以降『ピア・サポート』を使わせていただきます。

今、世の中では、「うつ病」が、大流行しております。私も、二〇〇一年初夏、三三歳の時、うつ病と診断されて、現在も通院を続けております。ですが、ピア・サポート活動ができる体調にまで、快復することができました。

今、私と同じように、うつ病で苦しみ、辛い日々を、送っていらっしゃる方へ、「大丈夫よ。あなたも、私のように快復するからね。うつ病になる前の自分より、今の自分を『大好き！』って思えるから。そして、『うつ病になってよかった』と、心から想える日が来るからね」

って、お伝えしたくて、この『バニラエッセンス』を執筆しました。

うつ病と診断されて間もない頃の私の体調と生活はというと、外出もできず、一日を、布団の中で、空を見ながら泣いて過す日々が続いていました。そんな時、一冊の本と出会ったのです。本のタイトルは『降っても照っても大丈夫』。著者は、ソーシャルファシリテーター・中野裕弓先生。当時のカサカサに渇ききった私の心を、潤してくれるような、何ともいえない潤いと、温もりを感じた本でした。本を読み終えた私は、気がついたら、本を抱きしめて泣いていました。そして、

「私も、本を出版したい。書きたい。中野裕弓先生のように、温かな本を書きたい。温かな本を書ける人になりたい」

と、ふと想ったのです。想ったというより、ひらめいたのです。ひらめいた日から、七年が経ってしまいましたが、「本を出版したい」という、夢への情熱は、消えてなくなってしまうことはなかったのです。うつ病を治療しながら生活をしていると、ついつい、情熱が小さく、弱くなることもありました。書きたいけれども、書けない。私はいったい、何を伝えたいのだろうか。温かい本って何？　何をどんな風に表現したらよいのだろうか。筆を進めては、頭の中が混乱してくるのです。私の伝えたいこ

とと、何かが違う。でも、何が違うのかさえわからなくなり、筆を進められなくなる時もありました。いつかきっと、自然に筆を進められる日が、必ず来ることを信じて。いつなのかはわからないけれども、書ける日が来るのを、ずっと、ずっと待っていました。

ようやく、その時が来たようです。私の心から湧き出る想いと、うつ病の闘病体験を交えながら、自然体で綴っていきたいと思います。うつ病になれたからこそ、感じられること、書けることが沢山あります。今は、「うつ病になれてよかった」と、心から想っています。

現在、うつ病を治療中の方も、患者さんを支えているご家族の方にも、さらにはうつ病ではないけれど、人生について悩んだり、嘆いている方にも、この本を手に取って何かを感じていただけることを願い、筆を進めて参りたいと思います。

今こうして、手に取り読んで下さって、ありがとうございます。この『バニラエッセンス』との出会いが、あなたにとって「幸せな人生への道しるべ」となり、あなた自身が、「幸せ」と想える人生が送られますように、心から願っております。

二〇〇九年三月吉日

＊うつ病がよくなる状態を「回復」ではなく、「快復」と表現しています。治るというより、心や身体が軽くて、快い感じの時に、体調がよいと思えます。骨折や風邪やインフルエンザのように、「治った」「元に戻った」という状態ではないので、あえて「快復」という文字を使っています。

＊想う＝心が感じている感情。

＊思う＝頭で考えて出た、気持ちや意識。

＊聞く＝耳で聞く。

＊聴く＝心で聴く。

contents

目次

contents

contents

赤穂依鈴子について

自己紹介

『バニラエッセンス』を手にして、こうして読み始めて下さりありがとうございます。この先、読んでいただくにあたりまして、自己紹介をさせていただきますね。

赤穂　依鈴子（あこう　えりこ）

1 一九六八年一月一六日生、山羊座、A型。それから、次女。富山県富山市生まれ。中学、高校生

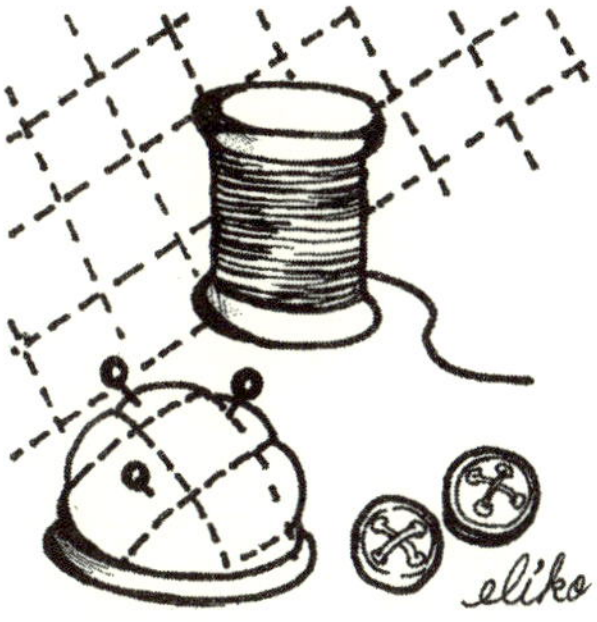

時代は、バスケットボール部所属。持久力をつけるための、部活動での練習の成果もあり、校内で一〇〇〇メートル走の記録を持つほどでした。運動全般が好きです。それから、猫が大好きです。「前世は猫だったのかしら?」と、思うほど猫の想いを理解することができるし、会話もできるんですよ（そう思っているのは、私だけかもしれませんが……）。私の母は、洋裁、手芸が好きな人で、小さい頃から、母と一緒に編み物をしたり、お部屋のカーテンを作ったりしました。そんな母の影響もあって、私も、子供の頃からずっと洋裁が好きでした。高校生の頃の夢は、服飾関係の仕事に就くこと。といっても、デザイナーではなく、洋裁に関わる仕事です。正直なところ、高校生の時は、デザイナー以外の職業を知りませんでしたから、将来は事務所を構えて、キャリアウーマンになることが夢でした。

都会生活に憧れ、でも、東京ではなく、なぜだか大阪が好きでした。高校卒業後、大阪のファッションデザイン学校へ進学したのです。富山県生まれの父と、大分県生まれの母が巡り合ったのも大阪でした。だから、関東より、関西に親しみがあったのだと思います。憧れの大阪での生活、好きなファッションの勉強と、私の生活は、とても充実したものでした。そして、在学中に、私が選んだ職種は、パタンナー（デザイナーが書いたデザインを、洋服の形にするために製図を考える仕事）で、大阪市内のアパレル会社に就職したのです。製図は〇・三ミリの芯で書き、線を引く時も、一ミリのズレでシルエットが変わるという、とても、精密な仕事でした。細かくて、几帳面な私には、ピッタリの仕事でした。いわゆる、バブル時代に仕事をしてきた、アラフォー（アラウンドフォーティ）世代です。

その後、専門学生時代からお付き合いしていた方と、恋愛結婚をしたのです。パタンナーという専門職は、帰宅時間が遅くなり、私には家庭と両立させる、自信がありませんでした。結婚を機に、パタンナーという仕事は、一旦辞めることにして、家庭に入ったのです。いわゆる、専業主婦になったのです。結婚をして二年後、長女が誕生し、それから愛猫が一匹いて、どこにでもいる、普通の家族、普通の家庭でした。住まいは、夫の実家近くの、宝塚市にある一四階建てのマンションの一二階に住んでいました。街路樹が植えられ、きれいな家が立ち並び、私が描いていた、理想の閑静な住宅街に住むことができたのです。何不自由なく、むしろ恵まれた結婚生活でした。夫婦間はというと、結婚生活八、九年も経つと、お互いが空気のような存在で、どこかにつまらなさも感じていて、多少の愚痴や不満が出ていました。だからと言って、嫌いでもなく、平凡な生活を送っていたのです。

嫁ぎ先（夫の実家）は、親戚同士仲が良くて、とても温かな人たちでした。嫁、姑、義叔母が集まり、九〇歳のおばあちゃんを囲んで、ファミリー麻雀も立場を超えて、楽しめる家族でした。結

婚をする時、義母に
「うちの嫁になるには、麻雀を覚えないといけないよ」
と、冗談で言われ、私は、花嫁修業として、麻雀を覚えたほどでした。
富山から上阪して、近くに親、姉妹、幼なじみもいない私にとって、夫が頼りであり、支えでもありました。その夫の家族と仲良く過ごす中で、幸せを感じられることもありました。毎週末は、義両親と義兄弟の家族、全員で一三名が、夫の実家へ集合して、嫁たちが料理を作り、義母が孫の面倒をみてくれて、義父も、息子（夫たち）と晩酌をして、楽しく晩餐をしていたのです。むしろ、仲が良すぎることが悩み?という感じでしょうか。そんな、平凡で、幸せな家庭、家族が、「うつ病」という病気でもろくも崩れ、家庭崩壊となってしまうのです。そして、私の人生は、大きく方向を変えて進むことになるのです。

私の人生＆病状の経過

高校卒業後、関西のファッションデザインの専門学校へ進学。
卒業後、関西のアパレルでパタンナーとして就職……。

1992年	6月	結婚　尼崎市に住む
94年	3月	長女出産
97年	6月	宝塚市へ引越し
2001年	5月	夫がうつ病と診断される
	7月	自分がうつ病で通院開始 自傷行為・睡眠薬の多量服用
	9月	別居生活開始　娘と共に富山へ
02年	1月	宝塚市へ戻る
03年	8月	離婚し娘と富山へ帰郷する。 離婚を決意すると体調は良好になる。 服薬を勝手に中断する
	11月	体調の不調を感じて通院再開
04年	3月	失語症状が出る。うつ病を受け入れて、 快復を願い治療、服薬を再開する
	10月	左膝下動脈瘤が見つかり、バイパス手術を受ける
	11月	富山市にて 「うつ病と向き合おう」ワークショップ開催
05年	2月	ＮＰＯ法人エッセンスクラブ申請
	5月	ＮＰＯ法人エッセンスクラブ設立

出会い

うつ病との出会い

私が、うつ病という病気にめぐり会ったのは、二〇〇一年五月のことでした。身体の不調を訴えて、近くの内科を受診した夫が、うつ病と診断されたのです。私は、家族の立場、夫の付き添いとして、心療内科の診察室へ、夫と二人で入室していました。夫がうつ病となった理由《わけ》の一つは、実父（私にとっては義父）の突然の死でした。

義父は、自ら人生の幕を下ろしてしまったのです。義父が自ら死を選んだのは、義父がいなくな

ってしまった今では本当の原因はわかりませんが、ＡＬＳ（筋萎縮性側索硬化症）という難病を、医師から本人に宣告されてから一カ月足らずの、五月五日、子どもの日の祝日のことでした。義父の突然の死は、平穏な私たち家族と、私自身の人生を、大きく変えてしまうことになるのです。

私は、義父を舅としてというよりも、「人」として大好きでした。義父は、温かくて、さっぱりとしていて、自分らしい生き方を送っているように感じられました。私は、私の両親をはじめ、沢山の大人の人を見てきましたが、義父のように、自分に正直な生き方をしている大人の人を、見たことがありませんでした。自分に自信を持っていた義父を、私は尊敬していました。義父の死は、大変哀しいことでしたが、ＡＬＳの病状が進行して、看病、介護をさせてしまう、迷惑や負担を、家族に掛けまいと、義父が選択した勇ましい人生の終わり方だと、その時、私は納得しておりました。

しかし、夫は、実父の死を受け入れられなかったのでしょうか。葬儀が終わったある日、睡眠障害と、不安な気分が限界に達したようでした。お通夜、葬儀と、徹夜続きのせいか、夫の顔は、油汗交じりの、疲れきった表情になっていました。うつ病の知識のない私たち夫婦は、栄養ドリンクを飲んでみたり、ビタミン剤を飲んでみたりしました。夫は、気合いを入れようと頑張って、気持ちを奮い立たせても、体調は変わらず、どうしようもないようでした。葬儀の合間に、夫が、

「今から、病院へ連れて行ってくれ。運転するのもしんどいから、連れて行ってくれ」

と、私に声を掛けてきたのです。最初、私たちは内科を受診しました。内科医は、夫の話を少し聞いてすぐに、

「うつ病ですから、心療内科を受診しなさい」

と診断したのです。この日から、夫のうつ病の通院の日々、私たち家族の、闘病生活が始まったのです。

今思えば、夫の睡眠障害は、急なことではなく、数カ月前から続いていました。寝つきが悪く、やっと寝ついても、五分か一〇分で、すぐに目が覚めてしまうのです。そして、そのまま寝つけずに、朝を迎えてしまうのです。眠れない苛立ちや、焦りから
「お前ら、うっさいねん。静かにしてくれ。寝られへんやろ」

と、怒鳴られることもありました。その時は、夫の体調を心配するよりも、「温厚な夫なのに、どうしたのだろう?」と、怒鳴られたことに、びっくりしてしまったことを覚えています。

病院から出てきた夫は、車のシートに座るなり、深いため息をつきました。

「どうしよう、完璧なうつ病だって、言われてもうた。どうしよう、どうしよう」

と、同じ言葉を繰り返していました。私は、「うつ病」という病名よりも、見たこともない弱々し

い夫の姿に驚き、ショックを受けてしまいました。「夫を頼って、生活しているのに、これからどうしよう。夫はどうしてしまったのだろう」と、私の心もパニックになっていました。

ふと、私は、実家の父を思い出し、富山の父に電話しました。父も、夫と同じように、三〇代前半で、実父（私の祖父）を心不全で亡くしていることを思い出しました。当時、祖父は、大阪に住んでいた父へ、送金しようと家を出た直後、家の前の雪の中に突然倒れ込んで、帰らぬ人となったのです。きっと、父なら、今の夫の心情を理解できるだろうと思いました。そして私が、何をしてあげればいいのかを教えてもらおうと、電話したのです。普段から、口数の少ない父でしたから、「そぉかぁ。そぉかぁ」と繰り返すだけでしたが、父が、娘と義理の息子を心配してくれている気持ちは、受話器から伝わってきました。

「お父さん、聞いてくれてありがとう。ちょっと気持ちが楽になったよ」

と言って、私は電話を切りました。結局、夫に何をしてあげればよいのかは、聞けませんでしたが、父と電話で話したことで、私の心は、落ち着きを取り戻すことができたのです。

夫は、葬儀の最中なので、「うつ病と診断されたことを、家族（義母、義兄夫婦）には伝えたくない」と言いました。夫が言うように、義父を亡くしたばかりの義母の状況や心情を考えると、息子が「うつ病」だと診断されたことを、義母に伝えることは、私にも辛くてできませんでした。

「心配を掛けないうちに治そう。治さなくては。治してあげなくちゃ」と、私自身、必死になっていました。

数日後、夫と二人で近所の心療内科を受診すると、やはり「うつ病」だと診断されました。主治医に、

「先生、どのくらいで治るのですか?」

と訊ねると、

「薬は早くて、一週間ぐらいで、効いてきます。一カ月ぐらいで治りますよ。早く治すためにも、しばらく会社は休んで下さいね。診断書を書きますから、待合室でしばらくお待ち下さい」

という説明でした。一カ月でうつ病が治ると聞き、私は看病することに力が入りました。「一カ月で治りますよ」という、主治医の言葉を信じて、必死になり過ぎたのか、それから二カ月後、私も、夫と同じうつ病と診断されることになるのです。結局、夫のうつ病は、一カ月では治りませんでした。勝気な私にとって、うつ病は、無縁な病気だと思っていましたのに、晴れて夫婦揃って、うつ病になってしまったのです。このあと、二人の人生が大きく変わるとも知らず、私と夫は、

「そうそう滅多なことで、夫婦揃って、うつ病になれることとなんてないよね」

「似たもの夫婦ってことかしら」

「うつるから『うつ病』って付いたのかな?」
なんて、冗談を言いながら、二人揃って通院する日々を続けていくのでした。

少年との出会い

実のところ、夫の看病の疲れだけで、うつ病になったのではないのです。うつ病は、いくつものストレスが重なり、発症すると言われています。夫の看病生活の疲れが、ピークに達した二〇〇一年六月末頃、小学四年生くらいのある少年と、自宅マンションのエレベーターで遭遇しました。この少年との遭遇が、私のうつ病の引き金を引いてしまったのです。

夫の看病を始めて、二カ月が経とうとしていた六月のある日の夕方のことです。私は、スーパーで買い物を終え、夕食の食材の入った買い物袋を、両手に下げて、坂道を登り、マンションのエントランスまでの階段を、息をきらしながら上がっていきました。顔をあげると、エレベーターの扉が開いていました。マンションは一四階建てなので、エレベーターを一度乗り逃すと、しばらく待たなくてはならないのです。「待って。乗る」と、エレベーターに叫ぶように、エントランスを走って、エレベーターに飛び乗りました。誰の姿も見えなかったので、誰も乗っていないのかと思ったら、エレベーターの階を押すボタンの前に、一人の少年が、既に乗っていました。「あらっ。いらしたの?」と言わんばかりに、私は少年がいたことにびっくりしていました。それから、私が慌てて、自宅がある一二階のボタンを押そうとしたら、既に少年が、一二階のボタンを押していました。「なぁんだ、同じ階だ」と、少しホッとして、走って乱れていた呼吸を、深呼吸をして整えました。

エレベーターの密室は、しばらく沈黙がありました。そんな張り詰めた空気を換えるように、私から、

「こんにちは」

と少年に声を掛けると、少年は後ろ姿のまま、

「こんにちは」

と、明るい声で挨拶をしてくれました。少年が、何の抵抗もなく、私に挨拶をしてくれたことに、驚いてしまいました。私は、少年のその明るい声に元気をもらったかのように、続けて訊ねました。

「ここの、マンションに住んでいるの?」

「はい」

と、背中を向けたままの少年の返答に対して「あれ? こんな子、住んでいたかしら?」と、私は、頭を傾げながら、続けて訊きました。

「S小学校に通っているの？」

「はい」

少年の言葉を真に受けて「ははあ～ん。一番端の空き部屋に、引っ越して来た子なんだわ」と、勝手に、想像していました。

「おばちゃんちの子も通っているのよ。登校班は、一緒かしら？」

「……」

と、知らないおばさん（私）の質問に、快く応えてくれる少年でした。私は、口数が多かった自分のことを、少し恥ずかしく思いました。エレベーターが一二階まで上がる、わずか数十秒間の少年と私の会話でした。少年が先に降りて、左方向に進みましたが、五歩ほど歩いた所で立ち止まり、立ち止まった場所で、ウロウロしていました。その姿を見て、

「あれ？　やっぱり、この階の子じゃないんだ」

と、思いながらも、家に夫と娘を待たせていた私は、足早に自宅へと向かいました。

　初夏の西陽が当たる、玄関の網戸を開けて「ただいま～」と、夫と娘の待つ家に帰り着きました。この日も、暑い日でしたので、夕方からクーラーをつけて、玄関も網戸ではなく、扉を閉めて、私は、夕食の支度を始めました。夕食後、娘と夫は一緒にお風呂に入り、二人は、着替えながらふざ

け合い、笑い声が室内に響く、いつもと変わらない、家族の光景でした。

その日の夜、知人が訪ねてくるので、夫と私と二人で、一階まで迎えに行こうと、玄関の扉を開けると、外は慌ただしく、異様な雰囲気で包まれていました。「兵庫県警」と背中に書いてある制服を着た警察官が、数名ウロウロしていました。ドラマやニュースでよく見る、指紋の採取を行っていました。生で見るのは初めてでしたから、私は、興味津々でした。当時、近所ではピッキング犯罪が多発していたので、私は、

「こんばんは。空き巣か、何かの事件ですか？」

と、警察官に尋ねました。

「いいえ。まだ、事件か事故か分からないのですが、少年が落ちて亡くなったのです。それで、何階から落ちたのかを調べているのです」

「えっ。そうなんですか？」

びっくりして、夫と私は顔を見合わせました。

「可哀想にね。近所の子かな？」

と言いながらも、どこか他人事でした。二人でエレベーターに乗り、一階へ降りました。一階では、黄色の「立ち入り禁止」のテープで、通行が制限されていました。数名の新聞記者、テレビ局の人

もいました。まさに、サスペンスドラマを、生で観ているようでした。そういえば、夕方、買い物から帰宅した数分後、救急車のサイレンの音が、このマンションで止まったことを、ふと、思い出しました。この時は、まだ気づいていませんが、亡くなった少年は、夕方私がエレベーターで話しかけた少年だったのです。住んでいたマンションは、高齢者も多いので、救急車の往来は珍しくもなく、特に気にならなかったのです。私と夫は、駐車場のゲートをリモコンで開けて、知人を出迎えていました。その日の夜は、普通に過ぎていきました。

翌朝、ゴミステーションにゴミを捨てるために、一階へ降りると、数名の主婦たちが、井戸端会議をしていました。その中には、顔見知りの方もいらっしゃいました。その光景は、特に珍しい訳でもなく、私は、

「おはようございます」

と、会釈をしました。先方も、

「おはようございます」

と返してくれました。マンションの住人同士の、普通の朝の挨拶でした。私が、井戸端会議の輪の横を、通り過ぎようとした瞬間、主婦たちの会話が後方から聞こえてきました。

「昨日の、あれ、自殺だったらしいわよ。それも、向かいのマンションの子だって。何も、ここの

マンションでしなくてもいいのにね。もう、いい迷惑よね。自分のところですればいいのに」と言う、ある、主婦の声が聞こえてきました。私自身、自分の耳を疑う会話でした。悲しさ、悔しさが、なぜだか込み上げてきました。人の死を「迷惑だ」と言う人が、この世に存在していることが、悲しかったのでしょうか。私の中に沸き起こる悲しさの原因が、よくわかりませんでした。井戸端会議をしていた主婦たちは、自殺をしてしまった少年と同じ年頃の、子供を持つ母親なのに、なぜ「迷惑」という言葉が出てくるのかが、理解できませんでした。悔しくて、涙が溢れてきました。しかし、そう言う主婦たちに対して、何も言い返せない、自分の無力さ、至らなさ、意気地のない自分を責めました。泣きながらエレベーターに乗り込んだ私は、亡くなった少年に対して、「あなたの死は、絶対無駄にしないからね」と、心の中で叫んでいました。叫びながら、「私は、何を善人のようなことを言っているのだろうか？　でも、本当に無駄にしないからね」と、自分でも不思議な感覚でした。きっと、私の頭の中で、うつ病の夫と、自殺した少年の姿が、重なり、他人事ではなかったのでしょう。

夫も、うつ病の症状がひどい時は、「おとんが、お前も来いや。こっちは、ええぞー、ってよんでんねん」と、一二階にある自宅のベランダの、手すりに手を掛けたことが二度ありました。義父の突然の死のこともあり、私には、自殺した少年のことを、他人事には思えなかったのです。「少年のご両親は、どんな心境なのだろうか。辛いだろうな」と、勝手に心配していました。その日、私は、仲のよい主婦（娘と同級生や、同じ登校班のお母さん）の方々と、ある方の自宅でお茶会をしていました。主婦が集まれば、おしゃべりは尽きません。話題は、昨夜亡くなった少年のことでした。同じ学校へ通う子を持つ、母親たちが集まっているのですから当然です。中には、亡くなった少年と同じクラスの親御さんもいらっしゃいました。事件当日、少年は、お母さんに「クラスメイトに、借りていた消しゴムを返しに行ってくる」と言って、自宅を出たそうです。しかし、少年のズボンのポケットには、その消しゴムと、「お父さん、お母さん、ありがとう」と書かれたメモが入っていたそうです。その話を聞いて、私は昨日の夕方、買い物帰りに、エレベーターで遭遇した少年を思い出していました。消しゴムを返そうとした子の家が、正に一二階のエレベーター前の家だったのです。

「あの子だわ。きっと、あの子なんだわ」

と、私は心でつぶやき、悲しいお話をしながら、私たち主婦は、お茶を飲み、お菓子を食べて、普段と変わらない時間を過ごしました。

その夜、会社から帰宅した夫に、昼間に聞いた、自殺した少年の話をしました。夫は「そっかあ」と、残念そうに聞きながら、しかし、少年の話題に、深く入り込むこともありませんでした。少年の話は、そこで終わりました。私たちは、夕食を済ませて、テレビ観賞をして、お風呂へ入り、いつもと変わらない、夜の時間が過ぎていきました。

ところが、どうなったのでしょうか。私は電気も点けない、真っ暗な寝室で、泣いていました。私の頭の中には、突然、

「おばちゃんもおいでよ。楽だよ」

と笑顔で、見上げる少年の姿が、浮かんできました。石畳の夜道で、少年にスポットライトが当っているのか、井戸の底のような風景でした。その様子を夫に伝えました。

「私が振り返っていたら、助かったのかな」

と、呟きました。この時の私の状態を説明すると、口が勝手にしゃべって、勝手に泣いていたのです。自分でも、自分が理解できませんでした。「私、どうしちゃったのかしら？　何言っているのかしら？」と思っている私に、夫は、

「自分をあんまり、責めるなよ。その子かどうか、わからんやろ。違うかもしれんぞ。はよう寝えや」

と、言ってくれました。夫の言葉を聞きながら、変な気分でした。私は、別に、自分を責めている

訳ではないし、私と、そして、私とは違うもう一人の私と、夫と三人が、部屋にいるような感じでした。

翌朝、夫の、些細な言葉がきっかけとなり、私は自傷行為をしてしまいました。鉛筆で、自分の太腿を何度も刺していたのです。この日以来、私も、心療内科通院の日々が始まったのです。

依鈴子、うつ病到来

私が、うつ病の通院を始めたのは、二〇〇一年七月。夫が、うつ病となり、夫の看病を始めて、二カ月後のことでした。その時までは、夫と共に、心療内科の診察室へ入り、付き添い、家族として、後方の椅子に座り、主治医と夫の話を聞いてきました。夫の主治医からは、

「うつ病になった旦那さん（奥さん）を看病していて、旦那さんが回復していくうちに、入れ違いで、奥さん（旦那さん）が、うつ病になることもありますから、奥さんも、気をつけて下さいね」

と、言われていました。そして、うつ病を予防するためにと言って、薬を処方して下さいました。

しかし、私は、夫のように、気にし過ぎる性格でもないし、優しい性格でもないから、私は大丈夫と思っていたのです。どちらかというと、私は、勝気で、自分中心に物事を考える人でしたから。

それに、当時は、とてもよく眠れていましたので、うつ病を心配することは、全くなかったのです。

「先生、大丈夫ですよ。うつ病という病気は、私には無縁の病気ですから」

夫も、

「先生、こいつは、一分で眠っているし、熟睡できているから、こいつが、うつ病になる心配はないですよ」

と、冗談を交えて話をしていたのです。主治医が、うつ病予防と言って、私に処方してくれた薬を、私は、一度も服用することなく、夫の付き添いを続けていたのです。それなのに、私がうつ病になるだなんて、誰が思ったでしょう。きっと、誰も思っていなかったと思います。自分ですら思っていませんでしたから。

　しかし、そんな私が、自傷行為をしてしまったのです。

　近くに住む、少年が自殺をした、数日後の朝のことです。娘が登校した後、家の中には、私と夫と二人でした。ようやく、リハビリ出勤できるようになった夫は、出勤前に、台所の換気扇の下で、タバコを一服していました。夫と、会話をしていたら、軽い言い合いになったのです。この会話の内容については後でお話ししますね。

「また、その話か。しつこいねん。知らんいうてるやろ」

と、強い口調で言われた私の頭の中は、

「また、（聞いてはいけないことを）聞いてしまった」

と落ち込む私と、

「私は、人が嫌がることを、聞いたりして、見苦しいわよね。私の存在は醜いわよね」

と言う、もう一人の私がいました。二人の私が、頭の中で会話をしている声を聞いた私は（実際には聞こえていませんよ。頭の中で会話しているのです）自分に驚くと同時に、恐怖も感じました。

「ねえ、何を言っているの？」

「だから、醜いって言っているじゃない」

と、二人の私の会話が、頭の中で続き、会話はエスカレートしていきました。私の目は、折りたたみのテーブルに置いてあった鉛筆を見つめていました。私を、

「醜い」

と、あざ笑うような、黒い声と、

「だめよ。何を言っているの」

と、抵抗する白い声が、私の頭の中で交差し続けるのです。

（黒）「だから、醜いって言っているでしょ」

（白）「そんなことないわよ」

鉛筆をずっと見つめていて、気づいたら右手で鉛筆を握り締めていました。

（黒）「やっちゃいな」

（白）「やめて」

（黒）「やっちゃいな」

（白）「やめて」

私の頭の中で、こんな言い合いが、何度繰り返されたことでしょうか。

白い天使のような声の存在が、小さく消えていきました。黒い声と黒い私が、

（黒）「行け！」

と、叫ぶと、私の右手は、私の両腿を何度も刺していました。刺しながら黒い声は、

「醜い。醜い。おまえ（私）は醜い」

と、言い続けていました。目から見えてくる光景は、腿を刺しているのですが、痛みは感じませんでした。夫に止められるまで、数秒だったのか、数分だったのかもわかりません。気づいたら、私は、泣き崩れていて、そんな私の腿を、夫は、消毒してくれていました。そして、夫に付き添われて、今度は、家族としてではなく、患者として、夫と同じ心療内科を受診したのでした。

主治医の先生は、

「あら。奥さんも、（うつに）なっちゃったわね」

と、さらりと言いました。この主治医の言葉に、私は救われました。というのは、自分でも理解できない、自傷行為の言動は、病気の仕業なのだと安心できたからです。

「よかった。私のせいじゃなかった」

と、内心ホッとしました。

この後の私の記憶は、曖昧なのですが、ところどころ思い出せます。私が通院を始めた頃、大阪府にある、大阪教育大学附属池田小学校で、児童殺傷事件が起こりました。住んでいた宝塚市の近くで起きた残忍な事件でした。近所には、同じ小学校へ通っていたお子さんも、沢山いらっしゃいました。この事件を聞いて、周りには大きな衝撃が走り、私の想いは複雑でした。自傷行為を起こした私と、犯人が重なったのです。私は、自分の身体を刺したのですが、いつか、病気が悪化したら、無差別に殺傷事件を起こすのではないかと、不安でたまりませんでした。不謹慎ですが、犯人を気の毒に想いました。「彼は家族から、愛されていなかったのね。孤独が、犯罪を生んだのね」と直感で想いました。その後、彼が奥さんから離婚を告げられ、実父からは勘当されていると報道されていました。

「やっぱり、そうなんだ。家族から、愛してもらえてなかったんだ」

それと、彼は精神科へ通った経験があるとも言われていました。精神鑑定も行なわれていました。私も、病気がひどくなり、彼のように、他人、または夫、娘を刺してしまうのだろうか。自分を失う怖さが、私を襲ってきました。この頃から、ＴＶや報道、人が怖くなり、家に閉じこもるようになりました。

一日を、布団の中で過して、食事を摂る気力もなく、毎日どのように過していたのでしょうか。世間では休日がある毎日です。私には、平日なのか休日なのか、曜日もわからない日々が続いていたのです。ある日、元気になってきた夫は、高校の同級生と再結成した、バンドの練習に出かけようと、ドラムのスティックを持って、玄関に向かって歩いていました。仕事は仕方ないけれど、休日くらいはそばにいて欲しい。甘え下手の私が、柄にもなく、

「お願い。今日は出かけないで」

と、言うと、夫は、

「お前は、俺を家に縛りたいのか？　俺を、またうつ病にしたいのか！」

と言ったのです。夫が言った言葉に反応して、

「私は酷い！」

と、思った瞬間、自転車の荷を止める紐を、自分の首に巻きつけて、こう叫んでいました。

「お義父さん。私も連れていって〜。お義父さん。苦しいよ。辛いよ。お義父さんお願い」

そんな私の姿を見て夫は、

「見苦しいねん。そんなことをして、俺に心配してもらいたいのか」

と言い放ち、バンドの練習へ出かけていきました。私は、心の中で
「そうじゃないの。私じゃないの。私じゃないの。私がしているんじゃないの」

と、叫びながら泣いていました。

ある時、夫に、

「お前は、母親だろう。娘にそんな姿（うつ病や自殺しようとする姿）を、見せるなよ」

と言われて、落ち込むこともありました。夫の言うことは、もっともなことです。そんな夫の言葉に、

「私は、母親失格だわ。妻も失格。人間も失格」

と自分を追い詰めて、夫と私と二人分の睡眠薬を、一気に飲んだこともありました。そんな姿を見て、

「いい加減にしろよ。おとなしく、薬が切れるまで、寝とけよ」

と、夫と娘は出掛けてしまい、一人で眠り続けた日もありました。帰って来た娘は、

「おばあちゃんに、買ってもらった」

と、嬉しそうに、買ってもらった物を、私に見せてくれました。嬉しそうな娘の笑顔を見て、私はこう想いました。

「やはり、娘のためにも、私は消えていなくなった方がいい。そして、健康で、笑える新しい元気なお継母さんの方が、娘も幸せなはず」

この頃の私はというと、笑うことさえできなくなっていました。表情もない、自分の顔を見ることも辛くて、鏡を見ることができませんでした。鏡を見ることが、怖いとさえ思いました。私は、もう一生、笑うことができないのだろうか。こんな状態で、あと何年、生きなければいけないのだろうか。生きていることが、とても辛い時期でした。「こんな辛い心で、人はなぜ生きなくてはいけないのだろうか?」と、毎日嘆いていました。そんな私に、夫は、

「俺は、病気でも娘のために頑張ってんねん。お前は何してんねん。それに、お前のは、うつ病じゃないからな。うつ病の振りをしているねん。母親なら、娘のために頑張らんかい」

と言ったのです。夫の言葉の通り、私は病気ではないのではないかと、自分の症状を疑うこともありました。「現実から逃げたい私は、病気の振りをしているのかしら」と、自分でも性格なのか、病気なのかさえ分からなくなりました。実際に、夫と私とでは、落ち込み方や、一日の過ごし方な

ど、症状が違うのです。私は、病気の真似をしているのではないかと、自分を「卑怯な私、ずるい私」と思うこともありました。診察のたびに、私は主治医に、

「先生、私の病気はなんですか？」

と尋ね、主治医は私に、

「うつ病ですよ」

と言い、こんな会話を、何回繰り返して来たことでしょう。

「自分を消したいけれども、消すことができない、意気地なし」

次第に夫婦の仲も最悪な状態で、家庭内別居の状態にまでなってしまいました。夫が閉めるドアの音を聞いて、恐くなる時もありました。夫から、いつまた何を言われるか、不安で堪りませんでした。そして、また自分を見失うのではないかと、夫の存在自体が、恐怖に思えたこともありました。

平日は、仕事。休日はバンドの練習、パチンコ。ほとんど、私と顔を合わせようとしない夫。娘の前では、偽りの仲のよい両親の振りをする。夫との生活に、私は、もう限界を感じてしまいました。私は、離婚を考えました。しかし、うつ病の時は、結婚、離婚、退職、引越しなど、大きな決断をしてはいけないと言われています。私自身、本心で離婚を望んでいるのかどうかも、わかりま

せんでした。夫の変わってしまった人柄や言動は、うつ病のせいかもしれないとも思いました。しかし、「今のまま、夫と生活をすることは、私の精神的に限界だ」と思ったのです。

「本当に離婚をしたいのかを、夫とは、しばらく離れて考えよう。私と娘と愛猫ガオちゃん、二人と一匹で、ゆっくり休みたい。休ませて」

と思い、富山の実家へ療養のために戻ることにしたのです。主治医に相談すれば、別居すること、環境を変えることを止められるだろうと思い、主治医には相談はしないで、自分だけで決めて、

「お互いの体調がよくなるまで、しばらく、別居することにしました」

と、話だけをしました。すると、主治医は、意外にも、

「そうですか」

と、あっさり、承諾してくれたのです。そして、富山市内にある、心療内科の病院を、全国の心療内科医の名簿で探して下さいました。名簿を見て、主治医と目を丸くして驚いたことがありました。富山市内だったのか、県内だったのか、覚えていませんが、当時の名簿には、一軒しか記載されていませんでした。主治医も思わず、

「富山って、一軒しかないんだ？　それも、心療内科じゃないわね」

と、驚きを隠せない様子で、呟くように言いました。名簿を見せてもらうと、精神科、内科と記載

されていました。そして、続けて、

「ここの先生は、県医師会の会長も務められているから大丈夫でしょ」

と、院長宛てに、紹介状を書いて下さいました。私は、治療を始めて二カ月後、主治医が書いて下さった紹介状を持って、富山へ一時避難、療養を始めたのでした。

明るい離婚計画

私のバイブル　Ⅰ

『降っても照っても大丈夫』　中野裕弓著／英光舎。

私は、闘病中に四冊の本と出会いました。この四冊の本との出会いがあったからこそ、現在のように、うつ病が快復して、人生が幸せに変わったのだと思います。人に薦められて、仕方なく読んだ本もありましたし、元気になりたい、幸せになりたいと、自ら求めて読んだ本もありました。人生に迷った時、成功人生を送りたい。いろいろなことを願った時、それぞれの願いに見合った本に

出会ってきました。うつ病の専門書ではなく、人生について書かれた本を選んで読んできました。本に書かれていることについて、自分なりに考えて、実際に行動をして、自分で確かめて感じてきました。感じて実践してきた結果、うつ病が快復して、私の人生は幸せで活気のある人生に変わったのです。そこで、私を幸せへと導いてくれた本を、皆さんにも紹介したいと思います。ただし、人はそれぞれ感じ方や状況が違うので、誰もが、私と同じように、感動や共感していただけるものではないと思いますので、ご了承くださいね。

四冊の中でも、ソーシャルファシリテーター・中野裕弓先生の『降っても照っても大丈夫』は、私にとってのバイブルです。この本に出会ったのは、実家で静養を始めて二カ月が過ぎようとしていた頃です。夫から離れても、体調はよくならず、むしろ、夫と離れていることに不安を感じるようになり、再び布団の中で過ごすようになってしまった頃でした。この本と出会っていなければ、今の私は存在しないと思っています。決して、大袈裟な表現ではありません。この本は、ベージュ色の表紙に、藤色の活字で「降っても照っても大丈夫」と、書かれていました。正直、読みたいと思った本ではなく、仕方なく開いた本でした。

この本を私に薦めてくれたのは、母の知人で、Ｊさんという女性でした。私がうつ病になり、別居していると、母から聞いていたらしく、お見舞いがてら、私に会いに来てくれました。私がＪさ

んにお逢いするのは、初めてでした。Ｊさんは、

「エリちゃん、元気になれると思うから読んでね」

と、布団で寝ていた私の枕元に、そっと置いて行ってくれた本でした。しかし、もともと読書嫌いでしたし、うつ病のせいもあって、私は、本を読む気どころか、手にする気にもなれず、時間だけが過ぎていきました。

「そろそろ、Ｊさんにお返ししなきゃいけないわ。せめて、目次ぐらいは、目を通して感想をお伝えして、お返ししないと、貸して下さったＪさんに失礼だわ」

といった義務感で、無理やりに本を開きました。しかし、私が思っていたより大きな活字で、とても読みやすい文字の大きさでした。目を通すだけのつもりが、どんどん引き込まれ、あっという間に読み切ってしまいました。私が、一冊の本を読み上げたことに、自分で驚きました。本を一冊、読み切れたことが、嬉しかったことを覚えています。

　本の内容は、人生は「降っても、照っても、大丈夫」。そして、この本には、温かくて、感動する言葉が、いっぱい詰まっていました。特に、私が感動したのは「今のあなたで、いいのよ」という言葉です。思わず、

「えっ！　こんな私でいいの？」

と、心の中で、本に聞き返しました。同時に、涙が込み上げてきました。だって、私の周囲にいる家族は「今のあなたでいいのよ」だなんて、誰も言ってくれなかったのですもの。むしろ、

「そんな性格だから、病気になるのよ」

とか、

「病気じゃなくて、性格や考え方が悪いのよ」

という人ばかりでした。私自身も、「こんな私じゃダメ！　こんな私はイヤ！」と、心で叫んでいた時期でした。今の私を、認めてくれた人（本）は、初めてでした。とても、嬉しかったです。本を通してですが、私を認めて、温かく私を包んでくれたのは、著者の中野裕弓先生が初めてだったのです。本の最終ページに、中野先生の顔写真が掲載されていました。とても温かそうな方で、素敵な笑顔の写真でした。私も、こんな素敵な笑顔で笑える女性になりたいと思いました。そして、私も温かな本を書きたい、書ける人になりたいと、心から思いました。私は本を抱きしめて、声を潜めて布団の中で泣きました。私が元気になれたら、中野先生にお会いしたい。お会いして、温かな本を書いて下さったお礼と、私を包んで下さったお礼をお伝えしたいと思いました。私は、『降っても照っても大丈夫』を何度も読み返しました。私の傍に、いつも置いておきたいと思った、初めての本でした。私のバイブルです。治療を始めて四カ月が経った頃、生きることに絶望を感じて

いた私に、

「病気を治したい。生きたい。幸せになりたい」

と、生きることに、希望を持たせてくれた一冊なのです。もちろん、Jさんに、ありのまま、感じた感動をお伝えしてお返しすることができました。そして、自分のバイブルとして、一冊購入して、私の手元に、今も置いてあります。不安になった時、寂しくなった時に、いつも開いてきました。ですから、この本に出会えていなければ、今の元気な私は存在しないと思うのです。

家族、再結成

この『降っても照っても大丈夫』という本から、もう一つ大切な言葉を見つけました。「明るい退職、離婚計画」という言葉です。どういう計画かというと、今の状況が、嫌でどうしようもない時、先に進んではいけないのが、退職と離婚だそうです。「職場や結婚相手に『ありがとう』という感謝の気持ちがなくて、退職や離婚をすることは、嫌なことから逃げるだけです。逃げたことは、また形を変えてやってきます。そして、幸せになろうと次に進んだ人生も、幸せには感じられないのです」と書かれていました。「次の人生も幸せになれない」という、この言葉に、私は、ドキ！としました。この頃の私は、夫に感謝なんてできていませんでした。むしろ、「私を、うつ病にさせた夫」と、恨んでいるくらいでした。恨んで、夫といる時間が嫌で、離婚を考えていましたが、「次の人生も幸せになれない」という言葉で、離婚をするのは、今ではないと確信しました。

明るい離婚計画というのは、「ありがとう」が見つかるまで、心を込めて仕事をしたり、夫（妻）に心を込めて接したりすること。「そのうち、退職や離婚したい気持ちがなくなり、今の状態を継続できることもあるし、『ありがとう。お世話になりました』と、卒業できる日が来ます」と書かれていたのです。私は、これまで、パタンナーという仕事は好きでしたが、会社や上司が嫌で、勤め先を変えてきました。その挙句の果てに「パタンナーという仕事で、事務所を持つなど、キャリアウーマンの人生なんて、私にはできそうにない」と、諦めて、結婚、妻という新しい職種に乗り換えた人生を振り返っていました。そんな、何事も続かない、自分の性格さえ嫌いでした。夫に対して「憎い」と感じることもあれば、まだ、夫への愛情もあるのではないかと感じる時もありましたから、その時の状態で「離婚」という結論を出すことはできませんでした。そこで私は、この明るい離婚計画を実践してみることにしたのです。

別居生活にピリオドを打って、宝塚市の自宅へ戻ろうと決めたのです。そして、夫に電話で、

「宝塚へ戻りたい」

と、伝えました。しかし、夫から返ってきた言葉は、

「何勝手なことばかり、言ってんねん。わざわざ子供まで転校させて、半年もしないうちに、戻りたいとは、勝手過ぎる」

という、言葉でした。確かに、夫の言う通りです。しかし、私の心のどこかに「私を病気にさせたあなたに、そんなことを言われるのは、おかしいわ。私の健康と、私の人生は私が決めるわ」と、いう反発心がありました。続けて夫は、

「俺は、勝手なお前に、もう疲れた。今、独身気分を味わって結構楽しいんだ。俺は、むしろ離婚したいと思っている。だから、まだ、富山にいてくれ」

この夫の言葉を聞いて、私は泣き崩れました。悲しいより、悔しいという気持ちです。「なぜ、あなたから『離婚したい』と、言われなきゃいけないの。離婚を決めるのは私よ」という気持ちが本音だったと思います。電話を切った私は、「薬なんて飲んでいても、治らないし、状況もよくならない」と、薬に八つ当たりをして、投げ捨ててしまいました。三三歳のいい大人の女が、台所に座り込み、泣きながら取り乱す姿に、実家の母は唖然としていました。

結局、別居する前よりも体調が悪くなり、体重も激増してしまい、宝塚市へ戻ったのは、それから二カ月後の、二〇〇二年の年明けでした。

私が戻ることに対して、夫は条件を出しました。「休日は、俺を自由に過ごさせてくれ。俺の実

家と、これまで以上に、気を遣って付き合って、妻より嫁として努力してほしい」と、いうことでした。今思えば、かなり無茶で、ふざけた条件だと思えるのですが、当時の私は、「宝塚へ戻りたい。三人家族を再結成させたい。やり直したい」という気持ちが強く、

「あなたの言う通りの妻になるから、お願いだから、宝塚へ帰らせて」

と、夫の条件を呑むことにしたのです。

それからは、再び家庭内別居生活が始まり、私は夫の元に戻れて、妻として夫の世話ができることに、幸せを感じることができました。体調がよい時には、カッターシャツにアイロンを掛けることができたり、食事が作れたりしました。私は夫婦の関係が修復することを願い、明るい離婚計画ではなく、明るい家族再結成計画を実行し始めたのでした。

心の傷

ここまでお話ししてくると、私の中にある心の傷をお話ししないと、話がうまく伝わらなくなるようなので、お話ししましょう。実は、夫がうつ病になった時、夫が土下座をして私に謝ったことがありました。

うつ病と診断された夫は、うつ病の症状以外にもまだ何か苦しそうでした。そこで、まだ元気だ

った私は、夫にこう訊ねました。

「ねえ。何か隠しているんじゃない。隠していることも、身体に悪いかもしれないから、苦しいことは全部、吐いちゃいな。楽になるよ」

と、少し冗談っぽく、夫を誘導しました。実は、私は、半年程前から、夫に対して感じていたことがあったのです。正直、夫に対して疑いがありました。いわゆる、「女の勘」というものです。ですから、うつ病と診断されるまで、私は夫に対して、結構冷たく接していました。この類の疑いは、今に始まったことではありません。お付き合いをしている頃から、そうでした。そういう人と承知で、でも、それ以上に、彼といると楽しさや幸せを感じられたから、私は結婚を決めたのです。こういった問題に、こんなに脆い自分だとは知りませんでした。夫が病気になったのは、自業自得で、問題を私に隠していた辛さから、うつ病の症状が出たのだと思いました。義父（夫の実父）の死が、うつ病の引き金になっただけなのではないかと、私は思いました（ほらねっ、結構、私って強いでしょ）。辛そうにしている夫に対して、続けて、私はこう聞きました。

「ねえ、もしかして、娘に異母兄弟でも、できちゃって悩んでいるの？」

この私の言葉に、夫は、笑いました。夫が笑った顔を数日振りに見ることができて、私は嬉しくてホッとしました。私の言葉に、安心したのか、黙っていた夫は、

「おもろいことというやん。大丈夫や。それはない。ほんじゃ、聞いてくれるか?」

「うん。いいよ。吐いて、楽になったら」

私は、夫が話す内容は、大体想像できていました。布団で寝ていた夫は、起きて布団の上に正座をしてこう言いました。

「すまなかった。実は、『本気』になった女《ひと》がいたんや。でも、『俺は何をしてるんや』と思い、もう別れた。でも、黙っていたことが辛かった。本当にすまなん。これから、お前と娘を大切にするから」

と、涙を流しながら、土下座をして謝ってきたのです。

この時の私はというと、大きな石が頭の上に落ちてきて、頭が真っ白になった感じでした。人生で初めて受けた、心か頭かどちらかわからない、衝撃でした。私が想像していた内容は、「浮気」まででした。「本気」という言葉は、予想外でした。「本気」という、言葉の石が、何度も私の頭上に落ちてきたのです。私は、病気の夫を前に、平常心を装おうとしましたが、ちょっと無理でした。私は夫の寝室を出て、状況を理解しようとしました。一人リビングで、「本気」という言葉を、理解しようとしました。「本気!? そんなの、許せない。離婚よ」という私と、「ちょっと待って、彼は今病気よ。病気の夫を見捨てるの?」という私と、自問自答をしていました。そして、出

した私の結論は、

「夫を看病しよう。私に謝ってきた夫ですもの、まだやり直しがきくわ。ましてや、病気の夫を見捨てることは、私にはできない。きっと、この病気が治った時、素敵な夫婦になれるはず。普通、六〇歳過ぎて、夫婦どちらかが病気になるのが、少し早く来ただけ。そして、私たちはまだ三〇代。老後は素敵な夫婦になれるはず。きっと、冷め切っていた息子夫婦に、義父が夫婦再結成のチャンスをくれたんだわ。だから、私は夫を看病しよう。私がちゃんと、治してあげよう」

と、夫を看病することを決意したのです。主治医からも、言われました。

「ご主人は、反省しておられます。今、ご主人は病気ですから、女性問題について、触れないようにしてあげて下さい」

「奥さんが、我慢して下さい」

こんな、我慢続きの看病生活が、私をうつ症状へと導いてしまったのでしょう。洗濯をしていても、夫の衣類を見ると、当時を想像してしまい、辛くなりました。ですから、洋服を捨てようと、ゴミ袋へ詰めました。ゴミの収集日まで、置いておいて、「もったいない」と、また引き出しに戻してしまうのではないかと、洋服に鋏を入れようと思いつきました。私は洋裁用の裁ち鋏を持って、洋服を切っていきました。

「あれ？　こういうシーン、テレビドラマで観たことがあるわ。私も同じことをしているわ」

と、どこか冷静な私でした。その光景を見た夫は、慌てて私を止めていました。

「もう、止めてくれ。何もしていないから、止めてくれ」

と、私の手から、鋏を取り上げたのでした。呆然と座り込んでいた私でしたが、夫の言葉には反応していました。

「何もしていない？　何を嘘ついているのよ。義兄も皆知っていたんじゃない。知らなかったのは、私だけ。皆嘘つきよ」

と、心の中で、叫んでいました。自分が、どんどん崩れていくのがわかりました。日が経つごとに、嫉妬心がメラメラと燃えてくるのです。「あなたのお父さんが、病気で大変な時、私が義父さんのお世話している時……あなたは何をしていたの。信じられない。許せない」という反面、「彼は、既に病気で、冷静な行動が取れなかったのかもしれない」と、夫をかばう私もいたのです。数日後、

「洗濯物がたためない」

と、山積みの洗濯物を前に泣き出していました。それでも、病院へ行く時は、家族として、気丈に振舞っていました。そして、主治医から、

「奥さんは、辛いでしょうけれども、我慢して下さいね」

と、うつ病の予防として、薬を処方されていたのです。夫の「本気」発言で、私の心は傷を負い、そこへ、先にお話しした少年との遭遇が、私のうつ病の引き金になったのです。こんなに沢山のことが、一度にやってきたものですから、私がうつ病になっても不思議ではないですよね。

結婚生活、卒業

うつ病になって二年後の二〇〇四年八月、私は、夫との結婚生活を卒業し、明るい離婚、そして娘との明るい母子家庭を築く、第三の人生を進むことを決意したのです。

夫とは、家庭内別居生活一年半になっていました。私なりに誠心誠意、妻を頑張ってきました。でも、愛情のお返しのない生活は、私にとっては、かなりきついものでした。私は、その胸の内を、富山に住んでいる知人に、泣きながら、よく電話をしていたものです。ちょうどその頃、彼女は結婚間近でした。そんな幸せな彼女に、暗い家庭不和の話をしなくてはならない自分が、とても嫌でした。うつ病の相談より、不倫をされた、妻の悩み相談が主でした。そして、ある日彼女から、

「不倫問題は、どこの夫婦だってあるわよ。それでも、みんな結婚生活を続けているんじゃないの。そのくらい、我慢しなさいよ。我慢すれば、扶養家族でいられて、楽できるじゃないの」

と、言われた言葉に、落ち込んでしまいました。結婚生活に対して、打算的な彼女の考え方に落ち

込みました。ましてや、我慢できないから、相談しているのに、何か肝心な心の奥の悩みが、彼女と解り合えない、彼女に届かないことに、嘆いてしまいました。心の奥の悩みが届かないことに、異様に疲れを感じてしまい、彼女に相談するのを止めることにしました。彼女の挙式は八月でした。彼女とは、富山の実家も含めて、家族ぐるみの付き合いでしたので、我が家にも、結婚式の招待状が届きました。しかし、今の仮面夫婦の関係で、ましてや、夫婦揃ってうつ病の状態で、結婚式に出席して、心から祝福する気にはなれませんでした。私は「欠席したい」と彼女に電話で申し出ました。すると、彼女はすごい剣幕で怒ってきたのです。その勢いは、電話を切りたいくらいでした。その後、「もう、あなたとは関わりたくないわ。二度と電話やメールをかけて来ないでね。バイバイ」と、メールが届きました。この文章を読んだ時、動悸がして、息苦しくなり、彼女からのメールが怖くなってしまいました。その後、彼女からのメールの受信を拒否したことを覚えています。こちらから、いろいろ相談しておきながら勝手ですよね。体調が悪くなると、着信、受信拒否をしてしまう自分が、やはり嫌いでした。その後、彼女から事情を聞いた母が、

「今まで、彼女にはお世話になったんでしょ。結婚式に出席してあげなさいよ。そしたら、丸く治まるでしょう」

と、何度も電話をかけてきました。私の軽はずみな発言は、富山では大騒ぎになっているようでし

た。

うつ病の症状なのでしょうか。自分の心に対して、嘘をついたり誤魔化したりすることが嫌でもあり、辛く感じます。自分に、正直になり過ぎて、相手を知らずに傷つけて、怒らせてしまうことが何度かありました。その怒りを、周囲の方は、もろに患者にぶつけてしまうこともあるでしょう。その怒りで、患者は寝込むほど、体調を崩す場合がありますので、ご注意下さいね。勝手ではありますが、正直であるがゆえの失態ですね。

「何とか頑張って出席できないの？　式に出て、直ぐに帰ったらいいじゃないの」

と、母親が言ったこの言葉に対して、

「なぜ、形だけの出席でもいいと言うの？　なぜ、形ばかりを気にして、人の心は気にしないの？　そんなのは、おかしい！」

と、私は心の中で叫んでいました。

「誰も、私の今の心境を理解して、配慮してくれる人は、一人もいない」

と、この頃の私は、孤独感でいっぱいでした。遠く離れた、富山の母や知人に、見えない、今の我が家の状況を、理解してもらおうとしていたことの方が、無茶なことだったのかもしれませんね。

いつも、思うのですが、私は落ち込んで心が傷ついているのに、妙に、物わかりのよい人を演じてしまうのです。

夫からは「離婚したいと、思っている」

知人からは「絶交のようなメール」

母からは「娘の心や身体より、形や世間体」

こんな世の中の、心が通わない家族関係、人間関係がとても嫌でした。

その後、知人は、私ではなく、夫に何度も、

「結婚式に出席して欲しい」

と、電話を入れていたようでした。結局、夫の説得を受けて、私たち家族三人は、日帰りで、彼女の結婚式に出席することになったのです。結婚式当日、早朝四時に宝塚を出発して、富山に着いたのは、八時前でした。式場へ行く前に、実家へ久しぶりに立ち寄りました。そこで、まず目に入ったのは、変わり果てた父の姿でした。父は、私がうつ病になってから、二度も脳梗塞で倒れてしまっていたのです。二年前、私と娘が、夫と別居して、富山へ戻っていた頃の父は、自営の仕事を元気にしていました。しかし、目の前にいる父の姿は、靴下さえ自分で履けない、歩く時も介助してもらい、杖を使わないと歩けないありさまでした。父の変わり果てた姿に、正直、ショックを受け、同時に、病気に無力だという、人間の姿を目の当たりにしました。

それから、間もなく、実家から車で四〇分程の、立山連峰の麓の結婚式場へ移動しました。式が終わるまで、私たち、いいえ、私だけかもしれませんが、仲のよい夫婦を装いました。今思えば、私の行動は、うつ病の人らしい振る舞いでした。この頃の私は、夫の姿を見るだけで、イライラしてしまうのです。私の、夫への愛情が、かなり少ないことを、感じずにはいられませんでした。それなのに、私は、胸の内を、夫にも、周囲にも悟られないように、笑顔で振舞っていました。私は、彼女から受付やビデオ撮影を頼まれていました。辛くて、笑顔なんてできる心情ではないのに、私は、笑顔でカメラマンの務めをこなしたのです。

チャペルの式場から見える、ステンドグラス越しの、夏の青空と白い雲が、とても素敵でした。十字架の下では、彼女と新郎が、外人の神父様に、結婚の誓いを言っていました。その挙式の様子が、とても素敵で、私は思わず

「素敵！　外人の神父さんは、絵になるわ」

と、つぶやきました。そうしたら、

「あんな神父、服脱いだら、コーラスのねーちゃんらと、いちゃついているねん」

と、隣から、気分がぶち壊しになる言葉が聞こえてきたのです。その言葉を発したのは、夫でした。私は返す言葉も見つからず、冷ややかな視線を、夫に送っていました。夫を見て、私は気づきまし

た。

「この、感性の違いだわ。この違いが、原因だったのだわ。この十数年間、何をしても、何をやっても、私たちは、理解し合えず、わかり合えなかったのは、この感性の違いのせいだったんだわ」と、妙に納得してしまいました。夫とわかり合えないことに、ずっと悩んできた、問題が解決できたようで、スッキリしたのを覚えています。

挙式も披露宴も、無事終わり、私たちは宝塚へ帰る途中、神通川で水浴びをしました。裸足になり、水の中ではしゃぐ娘の姿を見ても、心が躍らない私がいました。その夜、無事に宝塚へ帰り着きました。

明朝、「もう無理だな」と、心の中でつぶやきながら、私は布団の中で、昨日の、彼女の挙式を思い出していました。幸せいっぱいの彼女と新郎の表情や、二人を祝福する周囲の笑顔が、頭に浮かんできました。

「あれが、私が想う夫婦の姿。私と夫は、夫婦ではないわ。違うわ。何を考えて、何を想っているのかわからない人との将来を努力するより、父のそばにいよう。父のそばにいたい。一八年間、親元を離れて親不孝をしてきた分、今から親孝行をしよう。離婚して、富山へ帰ろう」

そして、もう一つ、私には大きな課題がありました。母への想いです。母は、私がうつ病の治療を始めて間もない頃、富山から宝塚へ来て、我が家の家事をしてくれていたのです。母が来て一カ月が過ぎようとしていた頃、母と心療内科に受診した日のことです。母が、主治医に、

「私、そろそろ富山へ帰ろうと思うのですが、いいですか?」

と、尋ねました。主治医は、

「もう少しいられませんか? 娘さんは、随分よくなっていますが、あと二、三日でいいですから」

と、応えました。

「いえね。富山の孫が心配で」

「娘さんは、今一生に一度のSOSをお母様に出しているんですよ。それでもですか?」

「はい」

と、母と主治医の対話を私は黙って聞いていました。そしてこの会話から、

「母も、私を見捨てた」

と、私の心が発していたのです。その挙句、

「こんな我が子を見捨てるような、母に育てられたから、うつ病を発症するような私になったのよ」

と、母を責める気持ちが膨れ上がってくるようになったのです。挙句の果てに、母を恨む気持ちが

強くなるのです。私を産んでくれた母に感謝しなくてはいけないのに、感謝するどころか、恨んでしまう自分が、醜く想えました。

「母に感謝したい。父と同じように、『親孝行をしたい』という、優しい気持ちになりたい。母を大好きになりたい。両親に感謝できない限り、私を心から好きになってくれる人は現れないのだろうな。生まれ育った富山に戻り、０（ゼロ）からやり直そう」

　スッキリと、離婚を決意することができたのです。七転八倒あった、知人の挙式に出席したお陰で、私は明るい離婚を決意、新たな私の目標を立てることができたのです。すると、不思議です。夫へ「ありがとう」という気持ちが、沸き起こってきたのです。

拝啓　元夫様
楽しい青春時代、
素敵な恋愛をありがとう。
ずっと、疑ってばかりで、信じることができなく
嫌な思いをさせてしまってごめんなさい。
貴方にめぐり会えて、私は幸せでした。

「結婚」という経験をさせてくれて、ありがとう。
妻の経験をさせてくれて、ありがとう。
母の経験をさせてくれて、ありがとう。
娘と出会わせてくれて、ありがとう。
貴方と知り会えて、辛いこともあったけれど、
楽しいことも沢山ありました。
知らなかったことも、沢山教えてくれましたね。
この世の中に、男性は星の数ほどいるけれど、その中でも、
貴方に出逢えて、貴方と家族になれて、本当に幸せでした。
心から、ありがとう。

この時、夫はというと、早朝よりどこかへ出かけて、不在でした。私は、晴ればれとした気分で、どこへ行ったかわからない夫へ、メールを送りました。

「私たち、離婚しましょう」

しばらくして、夫から電話が入り、後ろではパチンコ玉の騒がしい音がしていました。

「今、手が離せないから、帰ってから聞くわ」

と、言って夫は、電話を切りました。内心私は、

「こんなに、大切な話の時でも、パチンコなのよね」

と、夫との感性の違いを、改めて実感したのです。それから、当時小学四年生だった娘に、

「富山で、ママと暮らそうか？　ママ、コンコンおじいちゃん（富山の実父の呼び方）が、心配だから、おじいちゃんのそばにいたいんだ」

と、言うと娘は、従姉妹と会える嬉しさと、宝塚では、坂道が多くて、自転車に乗れないので、

「うん。行く。富山だったら、自転車も乗れるし、行く」

と、子供らしい、何もわかっていない、元気な返事でした。

　六時間後、夜一一時頃、帰宅した夫と、私は話をしました。私は、とても、清々しい気分でした。

「ありがとう。あなたが私に『離婚したい』と言ってから、一年半も、ずっと待ってくれてありがとう。私もようやく、離婚してもいいと思えたの。もし、お互い元気になって、縁があれば、復縁もありえるわね」

と、実はわずかなやり直しの期待も、私は持っていました。苗字は「赤穂」を使わせて欲しいと、お願いしたことにも、夫は、少し笑顔で、

目指すは、明るく、素敵な母子家庭

幸せな、第三の人生に出発

二〇〇三年八月盛夏。私は、娘と愛猫ガオちゃんと、故郷の富山で、第三の人生をスタートすることを決意しました。この頃の私の体調はというと「病気はどこへ行ったの?」と、いうぐらい、活発に行動できるほど、元気でした。娘の小学校の二学期が始まる前に、引越しもすべて終えようと、行動を開始したのです。まずは、転校手続き、離婚届の提出、転出転入届、市役所へ何度も足を運びました。引越し業者にも連絡をして、引越しの手配もしました。「働く所を探して来よう。

それから、両親に会って、きちんと離婚のことを報告しよう」と、娘と二人で一旦富山へ帰省しました。自分でも驚くくらい、心も身体も軽かったのです。

離婚することに、両親は反対しませんでした。悲しいかな、嫁ぎ先も含めて、誰からも反対されることはありませんでした。主治医からも、反対されませんでした。こうして考えてみれば、うつ病になってから、この二年間、周りから見ても、悲愴な家族、夫婦だったのかもしれません。母は「生きて帰ってきてくれて、嬉しい」などと、意外な言葉を言っていたのを思い出します。私が何度か自殺行為をしてしまったから、そう言われても不思議ではないですね。父はというと、「もう、(義理の息子には)会えんのんか」と、寂しそうでした。せっかくできた義理の息子を、心から喜んでいた父でしたが、それ以上、私には何も言わず、私の言うことに、ただ頷いていました。その父の言動で、親不孝をしている自分に、気づかされました。でも、仕方ありませんでした。

さて、これからの私にとって大切なのは、娘と住むための住まいです。ここからは、できるだけ忠実に、自分の気持ちを表現したいと思います。きっと、私の心情を、うつ病を患っている方でしたら、理解できるかもしれません。しかし、家族の方や、うつ病でない方には、わがままに聞こえるかもしれません。ここから先の文章を読んで、どのように感じるか、ご自身の心情を見つめていただければと思います。

実家は、両親が住んでいました。離婚して私が実家に入っても、おかしくありませんでした。しかし、一週間帰省して、この実家で、第三の人生をスタートするのは、無理だと思いました。その理由は、まず、丁寧に家を使っていない、片付いていない。家の匂いが気になる。私が静かにいられる空間がない。それに、両親が会話する富山弁は、汚く荒っぽく、怒られているように聞こえてしまい、パニック発作を起こしてしまうのです。正直、富山弁は、苦手です。一八年も、実家を出ていた私です。血が繋がっていても、生活パターンが違うし、家族なのですが、他人のようなのです。気兼ねや遠慮をして、実家で暮らすのは、私の身体によくない。この時の私には、「住まわせてくれてありがとう」という、謙虚な気持ちにはなれませんでした。そこで、私は、

「私と娘のお城を見つけよう。私は、誰にも遠慮せず、離婚したことを哀れに思われない、娘と二人の、明るく、素敵な母子家庭を築こう！　そのために、頑張って働こう！」

と、決意したのです。

早速、実家の近くで、アパートを探すことにしたのです。ちょうど、近所のコンビニへ、買い物に行った時のことです。実家から、徒歩で三分くらいでしょうか。コンビニと通りを挟んだ所に、建設中のアパートが、目に飛び込んできました。工事はあらかた終わっていて、内装作業をしている状態でした。作業をしているおじさんに、

「いつ、完成なんですか？」

と聞くと、

「もうほとんど仕上がっているよ。詳しいことは、不動産屋に聞いてごらん」

と、連絡先を教えてくれました。実家へ戻って連絡すると、

「八月三一日に、鍵を渡し、九月一日から生活できますよ」

と、いう言葉に、私は思わず、

「ここだ！」

と、心で叫びました。私のお城を見つけた瞬間です。迷わず、すぐに契約をしました。そのアパートは、一人暮し用の内装になっていて、部屋は一つしかありませんでした。でも、娘と二人なら、十分な広さです。ましてや、新築で、主要道路に面していて、コンビニが向かいにあって、ベランダは南向きで、私にとって、申し分のないお城です。二階の東側の角部屋をすぐに押さえました。家賃の価格はあとのこと。「必要な分、頑張って働いて稼げばよいのだ」というのが、私の持論です。

　この時、私の性格を省みることができました。私には、私なりの生活面でのポリシーがあるのです。私のこだわりです。きれいで気持ちいいと感じられる所に住むこと。だって、宝塚の閑静な住

宅街を選んで住む私ですもの。周囲の人からの、

「公団だと安いわよ」

と、いう言葉も聞こうともしませんでした。狭くてもいいのです。きれいで、便利で、私が気に入った場所に住むことが、私の住まいに対する考えなのです。うつ病の人って、「こだわりがある人」なのかもしれません。こだわる事柄は、人によって違うのだろうけれども、私は、住まいに対して、こだわりがある自分を、発見することができました。

順調に住まいが決まり、次は仕事です。お気に入りの住まいが決まれば、仕事への意欲も倍増です。とりあえず引越しをしてから、荷物の整理や手続きなどいろんなことが落ち着くまでは、正社員ではなく、時間が自由になる、アルバイトにしようと思いました。アパートの前の、コンビニの深夜勤務のアルバイトに応募し、昼間の仕事にはアパートの裏のファミリーレストランでの接客と、掛け持ちをしようと面接を受けました。めでたく、両方共、採用になり、九月から働くことを決めて、宝塚へ荷造りをしに、一旦戻ったのです。運が後押しをしてくれているように、トントン拍子で事が運びました。

そして、八月末、夫が（もうこの時は、元夫ですね）大阪駅まで見送ってくれました。

「頑張れよ」

「うん。パパもね」

と、私は元夫と、最後の会話をしました。

　私は、娘と愛猫ガオちゃんと、特急列車のサンダーバードに乗り、静かに発車を待ちました。聞き慣れた、発車前の音楽を聞いていたら、悔しさと涙が込み上げてきました。

「なぜ、私が、大好きな関西を去らなければいけないの？　夫の不祥事で、なんで私の人生が変わらなくてはいけないの？　いつか、きっと、自力で大阪へ戻るからね」

と、悔し涙が溢れてきました。元夫に対して、これほどの悔しさを抱いていた自分に驚きました。それと同時に、専門職で身を立て、自立することができていなかった自分自身を悔いました。悔やんでもしょうがないことなので、気持ちを切り替えるために、深呼吸をして、

「さあ、娘とガオちゃんと、新たな幸せな人生へ出発しよう！」

と新たな決意を胸に、暑い夏の大阪を後にしたのでした。この年も、上阪した年も阪神タイガースがリーグ優勝したのは、偶然でしょうか？　「私もタイガースも頑張れ！」と、私と阪神タイガースにエールを送りました。

私と娘の、新しい生活

新築の素敵なお城（実際は九畳一間の一Kのアパート）で、娘とガオちゃんの二人と一匹で、幸せな人生を目指して、新しい生活をスタートさせたのです。この頃の私の体調は、薬を服用しなくても元気に過ごせる程でした。ストレスのいっぱい詰まった宝塚の生活から解放されて、うつ病が、治ったと言えるくらい元気でした。週四日のコンビニの深夜勤務のアルバイトに、昼間はファミリーレストランで接客の仕事。仕事の合間に、市役所へ転校、転入、ひとり親の控除の手続き、それから、家庭裁判所へ氏の変更手続きなどなど、何の手続きをどこでしたのかもよく覚えていないくらい、沢山の手続きをしました。

ある日、扶養控除の手続きをするために、富山市役所の児童福祉課の窓口へ行きました。職員の方の説明に沿って、名前を書いて、住所を書いて……。ハッとして、目を覚ますと、書類は提出不可能なほど、ミミズがはったような筆跡になっていました。そんな私の姿を見て、

「お母様、お疲れなんですね」

と、優しく声を掛けて下さったのが、K田さんという女性職員の方でした。このK田さんに、このあと何度も、優しい言葉で、疲れきった私の心身を、癒してもらいました。うつ病になって出会えた、温かな人のお一人なのです。大切な書類を記入する時にでさえ、居眠りしてしまったことで、

私は、自分の心身の疲れを、量り知ることができたのでした。今の仕事は、体力を考えると、五〇歳まで続けられる仕事ではないと悟り、昼間の正社員での仕事を探すことにしました。アルバイトと手続きの合間をぬって、次はハローワーク（職業安定所）へ、足を運びました。

ハローワークで仕事を探すのは、この時が初めてでした。そして、富山県内の就職事情を見て、落ち込みました。バブル全盛期に働いていた私にとって、支給金額を見て、あまりにもの低額に愕然としました。アルバイトの給料が、書かれているようなものでした。ましてや、女性の正社員募集は、ほとんどありません。さらに、土日休日、完全週休二日制もありません。大阪と富山との就職状況の違いに落ち込みました。このような就職状況とは、予想もしていませんでした。そして、コンビニのアルバイトをしている自分が、惨めで堪らなくなり、仕事中涙が込み上げてくることもありました。

「専門学校を卒業して、専門職として、大企業で仕事をしていた私が、なんで、高校中退でも、誰でもできる仕事をしているんだろう。こんなはずじゃなかった。早くこのコンビニの仕事を辞めたい」

と、就職活動に力を入れることにしたのです。この時の就職活動の状況や心情は、都会でうつ病になり、故郷にUターンをして、現在私の所へ相談に来ている人たちと、共通の思いでもあり、現実問題でもあるのです。

　私は、世間に対して、胸を張って言える職業を探しました。この頃の私は、まだ世間体や、人目を気にして生きていたのです。「娘の学校にも、友達にも、胸を張って言える職業。それは、一体何？」経験を活かして、パタンナーという職種に就くことができない富山では、職業選びから始めなくてはいけなかったのです。まず目についたのは、業種「アパレル」と書かれた会社の、事務の仕事でした。それから、ミシン会社の営業、宝飾店の営業。とりあえず、気になった三社の面接を、同時期に受けました。三〇歳過ぎた私が、面接に受かる確率は、三〇％くらいだと思い、手当たり次第、面接を受けたのです。ハローワークの方から、

「えっ。まだ、受けるのですか？」

と、言われたくらいです。一度に、複数の会社を面接する人は、少ないのだとわかりました。実は、いろんな行政の窓口に、不信感を抱くことがありましたが、その一つが、ハローワークです。閲覧できる情報が曖昧なのです。男女雇用機会均等法から、対象が男女と書かれているのに、面接へ行くと、企業側は、「男性しか雇うつもりはありません」だとか、給料面も掲載は自由で、「面接の際、相談して給与を決めます」という会社もありました。時間や履歴書を無駄にしたことが、何度もありました。ハローワークの窓口の方に現状を伝えると、

「仕方ないのです」

で、終わりです。求職する側、紹介する側、企業とのアンバランスを感じました。

そんな中、三社から合格の連絡がきました。

「やるじゃん。私」

と、喜びました。そこで、私が選んだのが、自称アパレルでの事務職でした。希望を胸に出社しました。それなのに出社するたびに、落ち込んでいきました。正直、

「どこが、アパレルなの」

と、あきれてしまうほど、古びた建物で、大阪で買い付けてきた服を、県内の小売店に売る、仲買アパレルでした。昔、私が企画室にいたことのある会社から、買い付けてきている商品もありました。「私も、落ちたモノだ」と嘆くばかりです。今どき、男女兼用のトイレなど考えられない。カルチャーショックも受けてしまいました。面接の前に、会社について下調べをしておかなかったことを後悔しました。出勤時、社員同士の朝の挨拶もなく、不穏な空気が漂う会社でした。そんな気持ちで働いていた、ある日のことです。社長が、私の隣の席の、社員の空いた椅子を、蹴り飛ばしたのです。このように、気分次第で仕事をする社長、会社でした。以前からいる社員も、社長の言動を承知しているのですが、誰も何も言いません、言えないのです。情けない大人たち。数分後、

私は動悸がしたかと思うと、伝票を書くために、ペンを持っていた私の右手が震え出し、その異常な震え方に驚いて、左手で右手を押さえました。軽いパニック発作です。この瞬間、

「この会社ダメだわ。私の体調が、うつ病に逆戻りだわ」

と、退職を決意しました。この時、同時に面接を受けた宝飾店の社長から、採用のお誘いの電話を何度もいただいていたのです。そこで私は、ためらうことなく宝飾店での営業職へ、転職することにしたのです。

　宝飾店の営業。魅力は、イタリアのジュエリー業界からの直輸入商品。富山には珍しく、おしゃれな会社でした。営業という仕事は初めてで、自信がありませんでしたが、社長が、

「君なら、できるよ。一人前になるまで、責任を持って社員教育をするよ。ノルマも科さないから。娘さんとの生活に困らないように、責任を持つ」

と、言ってくださいました。この社長と、奥さんである素敵な専務さんに、何度も説得されて、就職することを決意したのです。この不景気に、私の生活のことまで心配して下さる社長の言葉が、仏様の言葉にも聞こえたくらい、温かく嬉しかったのです。心が躍る、再々就職でした。

　しかし、とんでもない会社でした。初めてのお給料が、手取りで三万円。

「……」

絶句でした。

「この金額では、娘と二人生活していけないのですが」

と、社長に言うと、

「研修中だからね」

ということでした。社長の言葉を、馬鹿な私は疑いませんでした。それから三カ月は、その程度のお給料でした。雇用体制に問題ありの会社だと、その後気づくことになるのですが、もちろんこのお給料では、生活ができず、夜にコンパニオンの仕事を始めました。

「夜のお仕事だけは、手を出すまいと、誓って始めた母子家庭なのに……。なんて、無様な姿だろう」

この会社に入ってから、体調は悪化し始めました。通院を再開するほどの体調になってしまいました。ストレスは、他にもありましたが、挙句の果てに、声が出なくなり、休職するまでの体調へと落下していったのです。

「素敵な会社の営業でバリバリやって、娘と頑張りたいのに、なぜ、私の身体は、元気にならないの。元気になって、幸せになりたいのに、なぜ、病気が再発するの？　営業職が話せないんじゃ、致命的じゃない」

と、嘆きました。ここで、初めて私は、うつ病を、元夫のせいでもなければ、自分の性格でもない、気合いや頑張りでもよくなることのない「病気」だと、受け止めることができたのでした。通院を始めて、二年半もかかって、うつ病は「病気」だと、ようやく理解することができたのです。私と娘の新しい生活は、明るい素敵な母子家庭どころか、惨めな母子家庭からのスタートなのでした。

私のバイブル　Ⅱ

『人生をもっと楽しんで生きられる心理学―きのうと違う自分になる本』　近藤裕／三笠書房

ここで、二冊目の私のバイブルをご紹介いたします。出会った本は、『人生をもっと楽しんで生きられる心理学―きのうと違う自分になる本』近藤裕先生の著書でした。この本に出会ったのは、声を出すことができなくなり、休職した時でした。休職し、自宅療養していた私を心配した友人が、図書館で手当たり次第に、借りて来てくれた数冊の本のうちの一冊でした。うつ病を治したいのに、なかなか治らなくて、幸せになりたいと思っていても、幸せになれなくて、人生の迷路に迷っていた時に出会ったのです。近藤先生の本から学んだ言葉は、

・イメージすることの大切さ

・諦めないこと

・継続すること

などなど。弱気な私の気持ちをサポートしてくれる、勇気が出る文章が沢山書かれていました。『降っても照っても大丈夫』『人生をもっと楽しんで生きられる心理学―きのうと違う自分になる本』、これら二冊の本に、共通して書かれていた言葉は「願えば叶う」でした。本に出会ってから、私はこの「願えば叶う」という言葉を信じて、このメッセージを何度も心で唱えて、実践し続けてきたのです。自分の願いが叶うということは、すごいことです。想い描いたことが、叶うのです。現実になるのです。

最初の私の願いは、病気のせいで笑えなくなっていたので、「笑いたい」でした。しばらくすると笑うことができました。次の願いは、「出かけたい」「おしゃれをしたい」。一つずつ叶いました。次は、欲張って「病気を治したい」と願いました。この願いについては、「治る」というより、今の体調まで快復し、普通に生活ができるようになりました。そして、さらにずうずうしく、「幸せになりたい」と、願いました。この「幸せになりたい」は、現在も進行中です。そして、「私の幸せとは？」について、日々見つめています。

現在、私が思う幸せとは、

・心が乱れないこと。いつも、穏やかな心でいたい。

・娘と二人、贅沢でなくてもいいから、気持ちにゆとりが出るくらいの経済力。
・心身の健康。

です。

私の人生を変えるきっかけとなる本を書いて下さった、お二人の先生に、心から感謝しております。そして、「いつか必ず、お二人の先生にお逢いしたい」と願いました。すると、数年後、本当に、お二人に、お逢いすることができたのです。それも、私が、先生に逢いに行くのではなく、富山へわざわざ、お二人の先生が、私に逢いに来て下さったのです。なぁんて、冗談ですが、私が、講演会を企画して、講師として、お二人を富山へお招きすることができたのです。これって、凄いことでしょう。

その他にお薦め図書としては、『成功曲線を描こう―「みる夢」から「かなえる夢」へ』（石原明／一世出版）。それから、『思考は現実化する』（ナポレオンヒル財団日本リソーセス／きこ書房）です。この二冊には、夢を叶えるためのプロセスが書かれていました。これら四冊の本に出会えたから、今の私があります。そして、私のささやかな夢も、実現してきたのです。私にとっては、感動した本なのですが、皆さんも、私と同じように感動して、共感するとは限りませんが、機会がございましたら、是非、読んでみて下さいね。

私は、これらの本との出会い、感動、嬉しさを誰かと共有したくて、共感してもらえるまで、かなり頑張って説明やお薦めをしてきました。しかし、この「説明をする」ということが、かなりのエネルギーを費やして、疲れてしまう原因となることにも、気づくことができました。本の内容に共感できる人と、できない人がいました。なぜでしょう？　それは、読む時の状況や、心情が一人ひとり違うのです。求めていることも違うので、共感できなくて当然なのです。実は、この気づきは、病気の辛さを、共感できる人と、できない人がいることの発見にも、結びついたのです。うつ病になっていない人が、うつ病の人に共感できなくて当然なのです。画期的な発見でした。これ以来、病気になっていない人に、病気の話をするのは、止めようと思いました。なぜならば、想いが伝わらないことで、私自身が疲れてしまうからなのです。共感できない人と話し合わない、説明をしないようにすることは自分が疲れない方法でもあり、うつ病の再発の予防なのです。しかし、主治医の先生は別ですよ。伝わらなかった人のうちの一人は、母でした。母に感動を伝えたい。母ならば理解してくれるはずだと、一生懸命、本の感想を伝えました。

「すごくよかったから、読んで。すごく、いいことが書いてあるの」

と、熱弁しました。しかし、母は数ページ読んで、その後を読もうとしません。そんな母に、

「いい本なのに、なぜ、読まないの？」

と、声を荒げて言いました。しかし、母は、

「よく、わからないの。私には難しいわ」

と言って、その先を読むことはありませんでした。そんな母の姿をみて、なぜ、私がこんなによいと言っているのに試そうともしないのか理解ができず、腹が立ってくることもありました。挙句に、私は体調を崩して寝込むこともありました。よく考えると、母はうつ病になっていません。だから、わからないのです。私を産んでくれた母であっても、うつ病になったことがないので伝わらないのです。とても、哀しかったです。それからは、人に病気の話、嬉しい話、感動したこと、説明、解説をすることを止めることにしたのです。そして、自分一人で喜び、感動して、楽しめることができるようになったのです。これは、すごく心強くて、安定した気持ちでいられることなのです。でも、共感できる人に運よく出会えたなら、もっと幸せで、喜びも倍増です。これも、私の発見です。

　うつ病の当事者の方や、ご家族の方、報道関係者など、沢山の方から質問を受けます。

「赤穂さんは、どうやって、こんなに元気になれたのですか?」

　そんな時、私は、笑顔でこう応えています。

「素敵な人たちと出会い、素敵な本と出会えたからです。本に書かれている言葉に、心が温まり、勇気をもらいました。私のオリジナル、『赤穂流、うつ病の克服法』を探し続けてきました。時間

をかけて（七年も）、快復することを信じて、諦めずにうつ病に向き合ってきました。自分自身にも向き合い、うつ病の克服法を研究、観察、実験（セルフ人体実験？）、をしてきました。私と同じように、うつ病に苦しんでいる方に、私の克服法をお伝えしたい。それから、温かさを感じてもらえる本を書きたい。温かい本が書ける私になりたい。執筆、出版という、新しい『願い・夢』を見つけることができたからです」

と。そして、この『バニラエッセンス』が、どなたかの「バイブル」になれば、嬉しいです。それも、私にとっての幸せの一つなのです。

ＮＰＯ法人エッセンスクラブ誕生

温かな人との出会い

うつ病になってから、沢山の心温かな人と出会い、支えられ、応援してもらい、私はここまで快復することができました。そのうちのお一人が、Ｙ川さんです。

彼女は、私が半年間だけ働いた宝飾店の会社で、事務職に就いていた先輩でした。私は、その会社を、半年で退職してしまいましたが、振り返ってみれば、Ｙ川さんと出会うための、就職期間だったように思えます。私は、営業職として就職しましたが、就職してから三カ月目に、私は声を失い、休職することになったのです。営業が話せないのでは、仕事ができません。自宅療養中の私に、彼女はメールをくれました。

「赤穂さんが元気になって、素敵な笑顔で出社できる日を、待っているからね。また、一緒に働こうね🍀（絵文字のクローバー）」

この🍀を見て、彼女の優しさが感じられ、私は嬉しくなり、泣き出しました。この🍀が、現在のエッセンスクラブのシンボルマークなのです。二週間後、私は職場復帰を果たしましたが、会社の対応は冷たいものでした。営業会議の連絡や事務連絡も、私にだけされないのです。いわゆる、イジメですよね。「早く、退社届けを出しなさいよ」と、言われている気がしましたが、私は耐えました。

「素敵な仕事だと思って就職した会社。仕事を通して認めてもらおう」

そんな中、Y川さんとの昼食時間は、私にとっての癒しの時間でした。

「赤穂さんが、心の病気をしていることは、入社してきた日にわかったわ。だって、赤穂さんの笑顔は、素敵過ぎたもの。実はね。私も病院に通わなかったけど、辛かった時期があったのよ」

と、公園でお弁当を食べていた時、彼女が話しかけてくれたのです。

「えっ。わかっていたの?」

「赤穂さんは、病院に通うくらいだから、私に理解できないこともあるかもしれないけれど、私でよければ相談してね」

と、彼女は笑顔で言ってくれました。この日から、二人がそれぞれ、胸に抱いていた夢の話をするようになったのです。「同じように、苦しい人の役に立ちたい」と。彼女は、

「私ね。ハーブに興味があって、ハーブ園を経営したいな」

私は、

「そこで、お茶でもしながら、相談とかできたらいいなあ」

と、四月のまだ肌寒い、桜が咲く公園で、二人は夢について語りあったのです。

数日後、彼女は、私に一枚のチラシをくれました。

「赤穂さん。こんな会社にいちゃダメ。赤穂さんは、娘さんとの明るい家庭を築かなくちゃ。新しい会社を探した方がいいよ」

と、手に渡してくれたのは、富山県・富山市母子家庭等就業・自立支援センターのチラシでした。

何気なく受け取りました。まだ、当時の会社に見切りをつけることができずにいた私は、「ありがとう」と快く受け取ることはできませんでした。うつ病になってからというもの、いつの間にか、人が信じられなくなっていました。家族から病気になったことを責められ、見捨てられることもあ

った私は、誰を信じてよいのかわからなくなっていました。ですから、Y川さんから支援センターのチラシをもらっても、彼女を信用することができませんでした。正直なところ、「Y川さんも、会社の人と同じように、私に会社を辞めさせようとしているのかしら?」と、疑ってしまいました。(Y川さんごめんなさい)

私が支援センターを訪ねる気持ちになるまでに一カ月ほど掛かり、ようやく支援センターを訪ねたのでした。この日から、何かが動き出しました。支援センターの相談員は、Y浦さんという女性でした。彼女は私に、

「赤穂さんは、どんな仕事がしたいの?」

と、聞いてきました。

「今、うつ病で治療をしているのですが、同じ病気で苦しんでいる人の役に立つ何かをしたいと思っています。でも、資格も学歴もありません。ましてや、生活をしていかなくてはなりません。だから、仕事の合間の休日にできることが見つかればいいですね」

気づいたら、こんな話をしていました。「夢物語なんて話して、私は、何を語っているんだろう」と、少し反省していました。しかし、Y浦さんは、真剣に聴いて下さり、その上、ご自身の名刺の裏に

「N森様へ。赤穂さんは、大変な苦労をされています。お話を聴いてあげて下さい」

と、メッセージを書いて下さいました。そして、

「富山市の男女参画センターのN森さんという、女性を訪ねてごらんなさい。彼女なら何か力になってくれるかもしれないわ」

と言って、その名刺を私に渡してくれたのです。Y浦さんの、この行為がとても、嬉しかったのです。ご自身の名刺、いわゆる自分の代名詞的な名刺に、メッセージを書いて下さったことに、心打たれたのです。私の夢物語を真剣に聴いて下さった、彼女の対応も、とても嬉しかったです。私は、センターを出た足で、N森さんに会いに、男女参画センターを訪ねました。N森さんは、私と同年代の方で、話しやすく彼女に事情を話しました。すると、彼女は、

「今度、富山市で生活講座の募集をするの。よかったら、赤穂さんも、提案してみたらどうかしら？」

と、広報のお知らせを見せてくれたのです。トントン拍子に進み、とても気持ちがよかったです。そして、温かな人とのバトンリレーも見事でした。この出来事をY川さんに伝えると、彼女は、

「すごい展開だね。応募しよう！」

と、共に喜んでくれました。そして、二人で申請書の作成を始めました。

講座のテーマは、ズバリ『うつ病と向き合おう〜もう、ひとりじゃないよ〜』で、応募しました。審査の結果はというと、ダメでした。市の担当者から、選ばれなかった理由を聞くまでは、落ち込んでいました。しかし、審査に落ちた理由は「『うつ病』というテーマが重いので、今回は見送らせて下さい」という、返答でした。思わず、

「重い？　何言っているのよ。重いテーマだからこそ必要で、でも誰もしないから、やらなきゃいけないんじゃないのよ」

と、内心憤慨しました。しかし、担当者に、直接言うことはできませんでした。私とY川さんは、審査が通らなかった悔しさに、堪えました。この時、「凄い」と思えたことは、

「ここで、相手（市や担当者）を責めるのは止めようね。きっと、タイミングが整えば、いつか必ず生活講座ができるわよ。それまで、心の準備をしていようね」

と、二人とも、状況をすんなりと、受け入れることができたことでした。

　それから数日後、私は宝飾店の会社に見切りをつけて「Y川さんと出会わせてくれてありがとう」と、感謝の気持ちで退社しました。それから、就職活動を再開して、地方銀行の派遣業務に就くことができました。我ながら満足のできる仕事でした。やりがいも感じられる仕事で、毎日が充実していました。そして、数カ月経ったある日、富山市から連絡がきました。

「先日応募された、生活講座のテーマ『うつ病と向き合おう』で、市民フェスティバルで、ワークショップを開催していただけませんか?」

というものでした。もちろん、応えは「ＯＫ」でした。すぐに、Y川さんにも連絡をしました。彼女も、大喜びでした。そして、彼女は、私に、

「私で手伝えることがあったら、手伝うからね。遠慮しないで言ってね。一緒に頑張ろうね」

と、言ってくれました。まさに、二人で話していた「タイミングが整った」と感じた瞬間でした。

こうして、いろんな人との出会いと出会いを繋いで、私とY川さんは、初のピア・サポート活動（自助活動・セルフヘルプ）として、ワークショップ『うつ病と向き合おう』を開催することになったのです。

エッセンスクラブ誕生

私は、二〇〇四年一一月「富山市民フェスティバル」で、ワークショップ『うつ病と向き合おう』を開催することができました。ワークショップを開催できたのは、頑張ったからとか、努力したからではなく、

「同じうつ病で苦しんでいる人のために何かしたい」

と、静かに願い続けたから。そして、人生の運の流れの後押しがあったからだと思えます。人生の運は、気持ちの切り替えで、よくも悪くも、ラッキーにも、アン・ラッキーにも変わるんですよ。ホント、不思議です。

ワークショップ開催にあたり、団体名を考えなくてはいけませんでした。一瞬、「えっ！　どうしよう〜」と、焦りましたが、目を閉じて静かに考えました。

「そうだわ。私が将来、出版したい本のタイトルは、『バニラエッセンス』（まさにこの本のタイトルなんです）。その『エッセンス』を取って、エッセンスクラブにしよう！」

と、ひらめきました。

「よし！　これでいこう」

誰に相談することもなく、意見を聞くこともなく、むしろ、聞く必要もなく、すんなり決めることができました。

「エッセンス」＝しずく・潤い

「うつ病で渇ききった心に、潤いを与えられる団体になりますように」と、願いを込めて命名しました。我ながら、美しい響きだと満足しております。

ワークショップの講師には、私が腰痛の治療に、日頃から通っている接骨院のO本先生に講師をお願いしたところ、快く引き受けて下さいました。活動実績もない団体の、講師を引き受けて下さったのです。O本先生も、私が出会った温かな人のうちのお一人なのです。現在も、活動を温かく見守ってくださり、私のトレーナー的存在です。

ワークショップでは、O本先生がペア・ストレッチについての講演と指導をして下さいました。

その後、私が、

「うつ病になっても、私のようにここまで、快復しますよ」

と、体験談をお話ししました。

当日の参加者は、知人を含めて、わずか一二名でした。来て下さった方々へ、癒しのプレゼントとして、小さなお花のアレンジメントをプレゼントしました。そして、受講後の参加された皆さんからのアンケートには、

「今後もこのようなワークショップに参加したい」

「活動を続けて欲しい」

「今日参加してよかった」

と、私が嬉しくなる言葉が、たくさん書いてありました。このアンケートを見て、私の心は踊りました。

「ピア・サポート活動を続けていきたい」

私の心に火が点いたのです。そんな中、どなたかに

「赤穂さん。ＮＰＯ法人を設立したらいいのに」

と言われました。「ＮＰＯ法人って何？」と、首を傾げながらも、期待に胸を膨らませました。誰に言われたかわからない、この言葉は、ふと沸き起こった、二年前の私の夢『同じうつ病で苦しんでいる方に、生きる勇気を与えることがしたい』を、現実のものにしてくれる、きっかけになったのです。

「私の夢、想いが、現実にできるの？　ホント！　うそ！　信じられない！　嬉しい！」

笑いが止まりませんでした。というより、笑顔が止まりませんでした。まさに、「願えば叶う」と思えた瞬間でした。

ＮＰＯ法人設立の奇跡

ＮＰＯ法人という組織について、全く知らない私は、まず県庁へ問い合わせました。ＮＰＯ法人

を知ること、設立するためには何が必要なのか、どうすればよいのかを、県庁の男女参画ボランティア課の職員の方に教えてもらいました。私の、やりたかったことが、「NPO法人」という形あるものになる、会社になる、仕事になると思うと、喜びと希望でいっぱいになりました。うつ病と診断されてから、四年の月日が過ぎようとしていた頃でした。

「これがしたい！」という具体的な考えはなく、私と同じうつ病で悩み、辛い思いをしている方のために、実際は何をしたらいいのかわからないけれども、「何かをしたい」という願いと、想いだけで、行動を開始したのです。「願えば叶う、いつか必ず叶う」とつぶやきながら、私は行動し続けてきたのです。まだ、治療中ではありましたが、心温かな人たちの出会いと、支え、応援、協力を得て、それと、運命？みたいな人生の運の流れに後押しされながら、NPO法人エッセンスクラブは、富山県に誕生したのです。

二〇〇五年二月、県へ申請書を提出して、ついに五月には、念願のNPO法人エッセンスクラブを設立することができたのです。ワークショップの開催、NPO法人エッセンスクラブ設立を意識してから半年間は、決して平坦な道のりではありませんでした。

ワークショップ『うつ病と向き合おう』を開催する一カ月前のことです。私は、極度の冷えとしびれに苛まれ、検査の結果「左膝下動脈瘤」と診断されました。急遽、バイパス手術を行なうために入院することになったのです。突然の手術入院は、いろいろな思いが生じました。一カ月前に再就職したばかりの職場のことや、ワークショップ開催の準備など、頭の中はパニックになりました。でも、「落ち着いて〜、落ち着いて〜。大丈夫！　大丈夫！　なるようになるさ」と自分に言い聞かせました。

うつ病を快復させるコツの一つとして見つけたのが、どんなことにも「ポジティブおまじない」をかけることでした。これが、病気を快復させて、幸せの人生を送るコツでもあると思うのです。今回の非常事態も、「大丈夫！　大丈夫！　なるようになるさ。入院を、ワークショップの原稿を考える時間にしよう。落ち着けば、ちゃんと整う。神様がくれた貴重な時間、有効に使おう」と、入院、手術を受ける時のポジティブおまじないで、心を整えることができたのです。それと、私の状況を理解して、私の両足のように動いてくれたY川さんがいてくれたお陰で、ワークショップが無事開催できたのです。

肉体の病気

神様は、私を、すんなりと幸せな人生へと導いてはくれません。富山市からワークショップ開催の朗報が届いて間もなく、また、地方銀行へ就職して一カ月が経った頃のことです。封書をポストへ投函するために、歩いて行った時のことです。五〇メートルの距離の往復で、左足がつるのです。しばらく休むと、痛みは治まるのですが、こんな痛みが数日続き、次は冷えとしびれが私の左足を襲いました。「変な痛みだな」と思っていました。たまたま、娘と小児外科を受診するため（娘は尿膜管異残症と診断され、手術のための受診をしていたのです）、待合室で名前を呼ばれるのを待っていました。隣に胸部血管外科があり、静脈瘤のポスターが貼ってありました。冷え、しびれ、痛み、壊死、切断という順に、症状が進行するという内容のポスターでした。まさに、その時の私の症状に似ていました。そこで、娘の受診までの待ち時間を利用して、私は胸部心臓血管外科で検査を受けてみることにしたのです。私の検査結果票を見ながら、担当医は、

「左足の脈が計れないのですが、赤穂さんは、若いから運動不足でしょう」

と、言いました。私の顔を一度も見ないで、足にも触れずに診断をする医師でした。正直、不快な受診でした。その後、痛みがひどくなるので、整形外科も受診しましたが、「脈が計れない」とだけ言われ、どうしたらよいのかは教えてもらえず、何科を受診すればよいのかを聞いても、頭を傾げる医師でした。


この症状の受診で、うつ病の受診のコツも見つけることができました。病気を治してくれることに協力してくれる医師を、患者自ら見つけなくてはいけないということを、教えてもらったのです。

実は、娘の尿膜管異残症にしても、そうでした。おへそが痛み、化膿して外科を受診すると抗生剤を注射されたのですが、一向に症状がよくならず、小児科を受診しました。そこで、小児外科（初めて聞く科でした）を紹介されて、尿膜管異残症とわかり、切除の手術を受けることになったのでした。厳しい発言ですが、正直、医師の言うことを真に受けては、自分の身体を守れないと思いました。娘も、私も、初めに受診した医師の診察を鵜呑みにしていたら、今頃どうなっていたことでしょう。私は、運動不足を解消するために、運動していたら、左足を切断するハメになっていたかもしれません。実際は、運動をしようにも、数歩歩くと激痛が走り、痛みがひどくなり、夜眠れないほどでした。

いろいろ考えて、私は、四院目で婦人科を訪ねてみることにしました。婦人科のＩ本先生は、私の足を診るなり、

「赤穂さん、婦人科へ来ている場合ではないよ。すぐに、知り合いの循環器系、内科のＯ田医院の院長、Ｏ田先生に紹介状を書くから、すぐに受診しなさい」

Ｉ本先生の表情から、大変な事態だと察知しました。そんな中、医師というよりも、Ｉ本先生の人としての温かさを感じることができました。紹介して下さったＯ田先生も、受付の方々からも、人としての温かさを感じられ、Ｏ田先生に「私の身をお任せしよう」と、穏やかな心境になれまし

た。そして、ようやく原因に辿り着けそうだと、安心することができたのです。

　この日は、久しぶりにY川さんとランチを兼ねて、ワークショップの打ち合わせをする日でした。検査のことより、彼女との約束の時間が気になりました。私の気持ちは、ワークショップでいっぱいでしたから、自分の身体に何が起こっていることより、彼女と数カ月ぶりに逢えることの方が嬉しくて、約束の時間に遅れることが気がかりでした。私は彼女に、

「検査が長引いて遅れそう。ごめんね。でも、待っていてね」

と、携帯でメールを送りました。一一時の約束でしたが、全ての検査が終わって彼女に会えたのは二時近くでした。心配してくれた彼女が、

「検査どうだった？」

「うん。左足の動脈が詰まっているらしくて、総合病院を紹介してくれるんですって。今は、先生が処置してくれる病院を探して下さっているの。『病院を慎重に選ばないと、外科的な処置で、足を切ってしまう病院もあるから、慎重に選ばせてほしい』って言われて、四時過ぎにまた、O田医院に行くの」

と、応えましたが、正直、私の気持ちは、ワークショップとY川さんとの再会の喜びの方が大きく、身体で起きていることや、これからのことの心配など、さほど重大には感じていませんでした。

遅めのランチも、打ち合わせも終わり、O田医院へ戻ると、

「明日、再検査の手配をしたから、T赤十字病院の心臓血管外科へ行って下さい」

と、私の都合も関係なく、いきなり明日の予定を言われてしまいました。身体のことよりも、「え。明日も仕事を休まなくちゃいけないの？　娘の手術でもお休みしなくちゃいけないのに、会社に伝えにくいな」という心境でした。仕方なく、会社へ電話で、明日の欠勤の連絡を入れました。そして、翌日、紹介していただいた、T赤十字病院の心臓血管外科を受診したのでした。

　この時の私の心境は、とても、落ち着いていました。「私にとって、相性のよい病院と先生が、左足を処置してくれるはず。大丈夫！」ってね。こんな、心のゆとりの作り方は、うつ病の克服からのプレゼントでもありました。検査は、超音波検査とＭＲＩでした。事態は、最悪でした。結局、二週間後にまた、再検査です。今度は、入院をして血管の造影検査をすることになりました。不思議です。全然、驚かないし、焦らないのです。

「この、心のゆとりは何かしら？」

と、私は思いました。私にとって、肉体が病気になることは、さほど辛くないのです。怖くないのです。精神が病気になり、廃人のような日々を送ったことのある私にとって、肉体の病気は、平気でした。

「ジタバタしても、しょうがない。なるようになるさ。なるようにしかならない。死にたくても、死ねなかった命ですもの。神様が必要なら、あげるわよ」

こんな心境でした。

今回の造影検査には、親族の署名が必要でした。そんな重大な検査や手術は初めてのことで、少し事の重大さが伝わってきました。しかし、このような時でも、私は身体の心配や不安より、寂しさでいっぱいになりました。家族の署名欄に、夫が署名をすることはもうないという現実に、哀しさや寂しさが込み上げてきて泣きました。検査の結果、緊急を要するので、翌日にバイパス手術を受けることになったのです。

温かな医師と医療チームとの出会い

大きな手術にも関わらず、うつ病を治療中にも関わらず、私がこの難を乗り越えられたのは、心臓血管外科のＩ田先生と、そのチームの皆さんの温かさや、一人ひとりのお人柄に支えられたおかげだと思います。Ｉ田先生に、私は、

「先生。私はうつ病で、心療内科へかかっていて、こんな薬を飲んでいるんです」

と言って、処方箋を見せました。先生は表情を変えず、むしろ、とても素敵な笑顔で、

「大丈夫。どちらの症状にも影響するものではないから。薬は飲んでいても大丈夫ですよ」

と、言って下さったのです。その普通さが、嬉しかったのです。手術の説明の時も笑顔で、

「赤穂さんは若いから、赤穂さんの血管を使いますね。赤穂さんの静脈を採って、動脈に繋げますね」

「あぁ。あの理科で習った、青の血管を採って、赤色の血管に繋ぐのね」

と、私は想像しながら、先生の説明を聞いていました。まるで、配管工事でもするかのように簡単に、それでも、心がこもっている説明でした。I田先生の笑顔と口調は、手術への不安や恐怖も吹き飛ばしてくれました。


翌日の手術の現場では、部分麻酔をして緊張が走る中、流れてきたのは、『遠山の金さん』の主題歌でした。思わず笑ってしまいました。笑った私に看護師さんは、

「いつも、ご年配の方の手術が多いから、こんな曲しかなくてごめんなさいね」

「いいえ。なんかいいですね。和みます」

と言いながら、次に流れて来たのは『大岡越前』『必殺仕事人』『銭形平次』のテーマ曲で、一気に緊張がほぐれました。こんな医療側の患者への気配りが、温かく、嬉しく感じられました。この病院で手術ができてよかったと心から思いました。

先生が、

「さすが、赤穂さんの血管はきれいですね」

と、言うと、看護師さんも、

「あら、ほんと。三〇代の血管は、きれいね」

と、冗談はここまで。緻密な作業の時は、誰も口を開かず、器具の音と、BGMが流れていました。

「さすが、プロ」って感じでした。五時間の手術中、私は眠ることもなく、スタッフの皆さんにお付き合いをしてしまいました。

「はい。終わりましたよ」

と、I田先生の言葉に、手術室の緊張の空気が、一気に緩みました。ちょっと楽しく、貴重な手術体験でした。手術後は、二週間の入院生活でしたが、毎日、回診に来られるI田先生の明るい笑顔とユーモアのあるお人柄や、看護師の皆さんの温かなチームワークに、うつ病の症状さえも治療してもらえた気分でした。

　病棟のサロンに『一〇〇万回生きたねこ』の絵本が置いてありました。表紙のイラストが、当時飼っていた愛猫ガオちゃんに似ていたので、何気なく手に取り読みました。読み終わると、三〇代半ばのいい大人が、絵本を読んで泣いていました。「家族」です。家族の大切さ、私にはもういない、夫婦の支えである「愛」が心に響き、泣いてしまいました。サロンには、「感想をお書き下さい」と、箱が置いてありました。病室に戻り、感想を書きました。

「なぜ、小児科ではないのに、絵本が置いてあるのですか?」

と、病室と名前を書いて投函しました。数日後、心臓血管外科部長の先生から、直々にお手紙が届きました。

「感想ありがとうございます。赤穂さんは、どんな想いでしたか? この本は、読む人によって感じ方が違います。読む人にとって、大切なモノを教えてくれるのです。大人の入院患者さんの、病気や入院で不安になった心を、元気にしてもらえるような本を選んで置いています」

と、お返事をいただきました。医療側の、患者に対する心遣いに感動しました。

この病院に入院したことで、新たな発見ができました。患者と医師との間に、人間としての温かなサポートがあれば、専門の科でなくても、うつ病の症状はよくなることを、実感することができたのです。

NPO法人申請へラストスパート

私が入院中、Y川さんは会社帰りに、何度も病院へ足を運んでくれました。そして、病室で打ち合わせをしました。パンフレット作成や広報活動など、彼女は自分の仕事もあるのに、動けない私の分まで、動いてくれたのです。彼女が傍でしっかり動いてくれたから、ワークショップを開催することができたのです。

退院後、新たな問題が、私を待っていました。Y川さんと同じ会社を退職後、新たな会社へ就職した二カ月後に、突然の手術と入院でしたので、会社の人事担当者からは、

「赤穂さん。動脈瘤の病気を隠していて、面接したのでしょう。私の従兄妹に、医者がいるから聞いたのだけれども、動脈瘤をつくる体質ならば、あなたの足は、いずれ切断することになるわね。悪いけど、他の会社を探してくれるかしら？」

と言われました。いわゆる、「クビ」です。言われた言葉は、とてもショックな言葉でした。ショック過ぎて、落ち込むことも忘れてしまうくらいでした。

一年前に、「うつ病」を治すことを最優先させようと決めた私は、「離婚」をして娘と二人暮しを始めたのでした。ですから、病気のことよりも、仕事を失い、生活ができなくなることの方が、私にとって大きなダメージでした。「最後の就職先にしよう」「一生続けたい職種だ」と思って、入社した銀行でした。それなのに、人生は計画通り、予定通り、思い通りにいかないのです。こんな時でも私は、ポジティブに考えようと努力しました。その結果、

「ここで働けないのならば『NPO法人エッセンスクラブ』を設立させよう。法人を運営しよう」

と、決意することができたのです。ましてや、

「私の足を勝手に、『切断することになるでしょう』だなんて、心ないことを言う冷血な上司だなあ。こういう人は、まずうつ病にはなれないわね」

と、落ちこまずに、呆れていられる自分に気づきました。少し強くなった自分が頼もしくて、嬉しかったことを覚えています。この上司の言動を見て、「うつ病になれない人。それと、うつ病になってしまうのではなくて、うつ病になれる人」という、プラス思考的な、うつ病の表現が生まれたのです。半分は悔しさ、半分は感謝、そんな複雑な心境でしたが、私にとって「悔しさ」は、「行動のエネルギー」になるのだと、気づけた時でもありました。

　娘との生活を維持するためならば、苦労だとも、大変なことだとも思いません。むしろ、ピア・サポート活動という、自分の夢を叶えられる嬉しさの方が、不安よりも大きくて、「ワクワク」した気持ちで、法人申請の準備ができたのです。周囲の方から、よく
「NPO法人の申請は大変なんでしょ」

と、聞かれますが、

「いいえ、自分の夢が叶うんですよ。準備も書類作成も楽しいですよ」

と、応えています。夢を持つこと、持てること、イメージすることは、うつ病を克服するために、必要なことだと思います。夢は、考えて浮かんでくるものではありませんでした。何かをした時、私の場合は、本を読んだ時、働いた時、結婚式に出席した時、行動を起こした時、心の中から自然と湧き起こってきたものばかりです。

新たな病気、難病の宣告

ＮＰＯ法人設立を決意したのですが、「法人の運営で生活できるのかしら?」と、弱気になることも多々ありました。迷う私に、さらなる決意をさせてくれる出来事が起きたのです。

私の肉体の病気は、これだけでは終わりませんでした。バイパス手術の退院後、定期健診のため受診する私に、Ｉ田先生は、

「いろいろな検査の結果、動脈瘤の原因は、はっきりわかりませんでした。しかし、手術はうまくいきましたから、赤穂さんの足はもう大丈夫ですよ」

と、ドプラー音で、私の動脈の音を聞かせてくれました。続けて、先生は、

「しかし、血液検査の結果、他の病気、症状がわかりました。シェーグレン症候群［注一］とレイノー症［注二］です。一度、内科を受診して、詳しく診てもらって下さい」

聞いたことのない病名でした。その後、義父の闘病生活が頭に浮かんできました。そう言ったＩ田先生に私は、

「先生。私、どんな病気を告知されても、驚かないし、大丈夫ですよ。義父は難病でした。そのせいか、病気に対する免疫は多少ありますから。隠さないで、正直に言って下さいね」

と、言うと、先生は、

「そんな、大変な病気ではないですよ。念のため受診して下さい」

と、答えて下さいました。

［注一］シェーグレン症候群：自己免疫疾患の一種。唾液や涙などの分泌などを障害する。
［注二］レイノー症：寒冷時などに発作的に血流不足を起こし、手先や足先が左右対称に痛み、しびれ感とともに皮膚の色が変化する（レイノー現象）。基礎疾患が不明な場合をレイノー病と呼ぶ。

いずれの病気も、診断される五年ほど前から、自覚症状がありました。パンが大好きな私ですが、飲み物を一緒に摂らないと、喉が詰まりそうになるし、涙の量も少ないことに気づいていました。これが、シェーグレン症候群の自覚症状で、レイノー症の自覚症状としては、冬に車の運転をする際、手袋をしないと冷たくて、ハンドルが握れないほどのしびれと痛みがありました。いずれ

も、歳のせいで分泌液が少なくなり、極度の冷え性になったのだと思っていました。ですから、自覚症状に病名が付いただけで、特に驚くこともありませんでした。数日後、内科を受診したところ、難病の疑いがあると言われ、組織検査をすることになったのです。左手の中指の表皮と、口の中の表皮を剥ぎ取り検査をしました。

数日後の二月一日の内科受診の際、告げられた私の難病の病名は「強皮症」［注三］でした。病気の説明を受ける時、特定疾患一覧表を見せられました。私の目に映ったのは、自殺した義父の「ALS、筋萎縮性側索硬化症」の病名の隣に書いてある「強皮症」という、並んだ二つの病名でした。偶然というのか、とても不思議な感じでした。

［注三］強皮症：特定疾患のひとつ。全身性強皮症と限局性強皮症に区別され、両者は全く異なる疾患。全身性強皮症は皮膚や内臓が硬くなる変化が特徴、限局性強皮症は皮膚のみの病気で内臓を侵さない。全身性強皮症の中でも病気の進行や内臓病変を起こす頻度は患者によって大きく異なる。

「エリコはまだ何を迷っているんだ？　いつになったらエッセンスクラブの活動を始めるんだい？」

と、義父に言われているような気がしました。この時私は、落ち込むより、NPO法人エッセンスクラブ設立の覚悟を、揺るぎないものとすることができたのです。病気に対する恐怖より、尊敬する義父を近くに感じられたようで、なんだか嬉しかったのです。変でしょ。変でもいいんです。そう、想うことで心が穏やかでいられるのですから。

私の覚悟

うつ病、左膝下動脈瘤に加えて、シェーグレン症候群・レイノー症も加わり、二〇〇五年二月一日には、難病の一つ「強皮症」と告げられました。この時の私の心境は、

「次は、何が来るの？　何が来ても、私は平気よ。来るなら来い！」

でした。今までの私より、強くて、勇ましい自分を実感することができました。

「生きている間に、やりたいことを実現させよう。指や、身体が動く間に、やりたいことをやってしまおう。期限のわからない人生を、お迎えが来るまで有意義に生きよう！」

と、私は、覚悟を決めることができました。難病というのは、病気の原因も、治療法も、解明されていない、現在研究中の病気を総称して言います。

「治療法がないのであれば、自分の生きがいで、快復させてみようじゃないの」

と、新たな病気「強皮症」に、すんなりと向き合うこともできました。この心の強さは、うつ病に

向き合ってきた経験があったからこそ、生まれたのだと思います。

ちなみに、強皮症がどのような進行を辿るかというと、指先の皮膚が硬くなり動かなくなるか、内臓へ進行すれば、内蔵が機能しなくなります。私の場合、どちらの進行を辿るのかわかりませんが、全く気になりません。なるように、なるでしょう。以前、義父のＡＬＳについての解説を読んでいましたから、驚きも軽減されたのだと思います。むしろ、自分の身体が動かなくなる前に、やりたいことを見つけられていること、行動を起こしている私は、幸せだと想います。

強皮症宣告の日から四日後、二〇〇五年二月五日、新たな決意を胸に、ＮＰＯ法人エッセンスクラブ設立総会を、開催することができたのです。総会当日、県内から三〇名余りの参加者が出席されました。ＮＰＯ法人エッセンスクラブ設立総会開催の記事は、当日と翌日、地方新聞の朝刊に掲載されました。県内の方からの問い合わせの電話が、数日鳴り止みませんでした。延べ二〇〇件ほどの問い合わせ件数でした。うつ病の患者さんご本人もいらっしゃれば、ご家族の方や、知人、関係者、さまざまな立場の方からの問い合わせでした。

「エッセンスクラブを求めている方が、こんなに沢山いるの？」

と、驚きました。同じうつ病で苦しんでいる方が、こんなに沢山いる現実は、驚きでもあり、悲しい現実でもありました。「早く、傍に行って、勇気を分けてあげたい」と、想いました。うつ病になり、克服し続けたからこそ見つけられた、私オリジナルの仕事です。

総会から二〇日後、二〇〇五年二月二四日。迷いも、不安もなく、晴れ晴れとした気持ちで、NPO法人エッセンスクラブ設立の申請書を、富山県に提出することができました。そして申請から二カ月後、異例の速さで、富山県から認証を受けることができたのです。覚悟を決めると、人生の流れに身を任せるかのように、気持ちも身体も軽く、とても心地よい感触を体感できるのです。

人生の旅

二〇〇五年五月、うつ病患者の私が、富山県にうつ病患者のための、法人格を有する団体を設立させたのです。と、そんな大層なものではありませんが、人間は、本当にやりたいことを見つけられたら、その後は、自動操縦のように、導かれて実現していくのだと思います。しかし、本当にやりたいことに、出会うまでが、とても大変な苦労なのかもしれません。人生は、終着駅に向かう列車のようなものかもしれません。今、苦しいことや、辛い渦中にいると思っていらっしゃる方は、目的地を探している途中なのかもしれません。あなたが、本当に辿り着きたい、人生の終着駅へ向かうため、走行中なのかもしれませんね。

私の人生の列車は、終着駅に向って出発したのですが、色んな景色を通過しながら、途中の駅で停車したり、進んだりしているようです。そんな列車の旅を、今は楽しんでおります。いいえ、うつ病になったからこそ、「楽しめる」ようになりました。

エッセンスクラブも、私の人生の列車とともに出発したのですが、終着駅の形が見えないまま、出発したのです。ですから、活動しながら、形作り、組織作りをしています。

エッセンスクラブの活動紹介

ピア・カウンセリング

設立当初、半年間は、ピア・カウンセリングのみ行なってきました。エッセンスクラブでは、このピア・カウンセリングを、「心の相談室」と呼んでいます。カウンセリングというと、少し硬いようなイメージと、構えてしまいそうな言葉の響きがあります。しかし、「ピア」と付けるだけで、柔らかな響きに変わります。

ピア＝仲間・同士です。

同じ病気をした仲間のカウンセリングです。ここで、私の闘病中の経験がモノを言います。ただ、「聞かれる」だけでは、モノ足りないのです。でも、ピアですから、共感して「聴ける」のです。同じ場所を旅したように、観える景色も似ていたり、感じるモノが同じであったり、共感できるのです。

「そう、そう、私もそうだったわ」

と、笑って、安心して話せるのです。闘病中は誰もが、話や気持ちを、心で聴いて欲しいのです。ただ、共感して欲しいのです。ですが、家族も、友人も、専門家も、ただ耳で聞いているだけ。何かが、物足りませんでした。時には、「お説教」という、要らない「おまけ」まで付けてくれるのです。

それもそのはずです。だって、うつ病になっていないから、同じ経験を持っていないから、心で聴こうとしても、聴けないのです。これは、私が当事者ではなく、家族の立場も経験したからわかります。夫の看病をしていた時、私なりに聴いていたつもりでしたが、実は聞いていただけでした。夫の心を聴いてあげられていなかったことを、私自身が同じうつ病になって、初めてわかりました。夫には、申し訳ない看病をしてしまいました。

それから、一番近いはずの、私を産んでくれた母にさえも、うつ病になったことがないから、聴いてもらうことはできませんでした。でも、母親でさえわからないのだから、うつ病になっていない他の人が、私の心をわかることなどできないと、周囲への理解を求めることに対して、諦めることができました。私は、話せる相手が欲しかったのです。話せる場所が欲しかったのです。この気持ちを、エッセンスクラブの活動に取り入れたのです。

最初は、

「動ける私が、動こう」

と、県内で、無料で貸して下さる、場所探しから始めました。公民館や福祉施設などに電話を掛けて、無料で貸して下さる所を探しました。

「エッセンスクラブ？　うつ病？　今まで、ＮＰＯ法人に貸したことがないから、ダメです」

「市外の団体ですね。ダメです」

なかなかよい返事がもらえず、場所が見つかりませんでした。そんな中、

「今の時代、必要な活動だね」

と、快く貸して下さる方が、いらっしゃったのです。場所、お部屋を貸して下さった方、活動を理解して下さった方の気持ちが温かくて、嬉しくて、私の心の支えになりました。

「感謝して、使わせていただこう」

と、いう柔らかな気持ちになれました。

心の相談室は予約制で、ひとりの方と、一時間から二時間くらいお話をしました。多い時で、一日七人の方と、お話をすることもありました。私も相談に来られた方も、時間を忘れて、話すことができました。不思議と、私は疲れを感じないのです。無理に相手に合わせることもなく、わからない話を聞く訳でもなく、世間話の延長でお話ができるのです。我ながら、ピア・カウンセラーが、私の「天職」だと感じる程です。

笑談会（しょうだんかい）

活動を始めて三カ月くらいがたち、一〇〇人くらいの方とお話をした中で、数名の方が、

「ねえ、赤穂さん。他の患者さんたちと、お話をする機会はないのかしら。他の方ともお話ししたいわ」

と、おっしゃるのです。

「いいわね。じゃあ、皆さんで集まる日を決めて、ご連絡しますね」

と、誕生したのが、「笑談会（しょうだんかい）」です。字のごとく、笑っておしゃべりをする集いです。ここでは、悩み事や暗い話はしません。なぜならば、体調のよい人の体調を崩してしまう

からです。悩み事や、重い話は、心の相談室の利用をお勧めしています。それでも重い話をする人はいらっしゃいますので、そういう方には、参加をご遠慮して頂いております。

そして、次は、働きながら治療を続けている方から、

「ねえ、赤穂さん。平日は仕事があるから、エッセンスクラブ活動に参加できないの。日曜日に、『笑談会』をして欲しいわ」

と、要望があって誕生したのが「日曜・笑談会」。そして、次は、

「ねえ、赤穂さん、家族の集まりはないの？」

という、要望があって誕生したのが、「家族会」です。

家族の方々の輪の方が、深刻で、雰囲気は暗いですね。当事者の方が、仲間に出会えた喜びのせいか、話が合うからなのか、盛り上がり、うるさいくらい元気な会話です。どちらのグループが、当事者かしら?と、思わず聞きたくなるくらい、空気の重さが違います。

そして、次に誕生したのが、躁うつ病の方の「笑談会」です。躁うつ病の方々が言うのです。

「ねえ、赤穂さん。うつ病の方々の中に入っていて、もし、その時躁状態だったら、迷惑をかけるかもしれません。躁うつ病の方が、集まることってできないかしら？」

と、気の毒なくらい、遠慮されて尋ねられました。ですから、躁うつ病の方の笑談会も、開催して

います。最近では、躁うつ病のⅡ型と称されているとわかり、ましてや、私と症状が共通するところも多いので、少人数制のおしゃべり会として「水曜・笑談会」を開催しています。どの集まりも、参加された皆さんが、楽しくお話をされて、笑顔で帰られます。

私の活動の経験上、違う症状や、感性をお持ちで、話が見えてこない方は、参加をお断りする場合もあります。私も疲れてしまうのですが、他の参加者の方も、疲れてしまうようなのです。活動開始当初の私は、断ることができずに疲れてしまい、体調まで崩してしまうこともありました。四年間、活動する中で、一度お会いして、共感できない方は、正直にお断りできるようになりました。

花色・食彩セラピー

そして、もうひとつの活動が「花色・食彩セラピー」です。お花のアレンジメントをしながら、お花に癒されて過す時間です。お花が癒してくれることを教えてくれたのも、Y川さんでした。お花は、見ているだけで、触れているだけで、癒されます。アレンジメントの技法を習うのではなく、お花に癒してもらう時間です。

コーヒーカップくらいの器に、エッセンスクラブが用意した花材を、それぞれが思いのままに、アレンジするのです。アレンジしたお花を飾る場所を想像しながら、思いのままに、アレンジするのです。それぞれ違う作品ができあがります。個性の表現です。高さ、花の長さ、傾き、どれも違うのです。どれも違って、それぞれに素敵なのです。終わったら、テーブルに並べて、ミニ作品展を開いています。そのお花を眺めながら、昼食を戴いております。ご家族の立場である参加者のお一人が、ご自宅で作っている野菜やお米で、手料理を届けてくれるのです。温かいものは保温ジャーに入れて、冷たいものは保冷材を付けて持って来てくれるのです。食べる人の気持ちになって、作って下さる心遣いが温かくて、嬉しいです。お花を観賞しながら、毎回、美味しく戴いています。

「K口さん。本当にありがとうございます。ごちそうさまです」

四年間、毎回、紙皿ではなくて、御椀や器も人数分を用意して届けてくれるのです。エッセンスクラブは、温かな方の集まりです。

癒し茶屋

疲れた心を、癒していただくための茶屋です。この活動は、富山県との協働事業として行っています。エッセンスクラブは、会員制の活動を行ってきました。しかし、問い合わせの数は、増えるばかりで、会員や入会などと言っている場合ではない状況です。そこで行政と協働で、患者さんやご家族が静かに過ごせる、休憩場所を提供しています。

心を癒し、静かに自分を見つめる場所として利用して欲しい。「少し不安だけれども、家から一歩外へ出掛けたい。でも、どこへ出掛ければいいのだろう?」と、想った時に訪ねて欲しい場所です。七階にある会場で、富山平野を見渡せる景観が自慢です。この景観でなければ、癒し茶屋にはならないという、私のこだわりです。簡単にいえば「喫茶店」です。一〇時～一六時の間であれば、いつでも、どれだけでもいて構いません。利用料、お茶代として、五百円をいただいております。お昼を持ち込んでもOKです。会場には、私が闘病中に読んだ本も置いてありますので、静かに読書して過ごされても構いません。

私が闘病中に、「家以外で静かに過ごせる場所が欲しかった」と、いう想いを形にした活動です。

その他の活動に、「シーズンレクリエーション」という活動があります。

春は、桜並木をお散歩。

夏は、アニバーサリーパーティー。

秋は、コスモス鑑賞。

冬は、クリスマスパーティ。

それから、「癒しのツアー」です。二〇〇六年は思いきって、沖縄へ行ってきました。二〇〇七年からは「日帰り温泉ツアー」に、活動名を変えて、県内の温泉へ行っています。

こうして、活動しながら、私も、エッセンスクラブも、参加される会員さんも成長し、それぞれの旅を、今も続けています。

うつ病の快復のために

患者（赤穂）から見た、うつ病とは

私は、二〇〇一年七月から、うつ病の治療を開始することになった訳なのですが、当時は、うつ病がどんな病気で、どのような症状が出て、どのくらいの期間で治るのか、全くわかりませんでした。クリニックの待合室や受付に設置されているパンプレットを見ても、理解することができませんでした。逆に、パンフレットに記載されている内容を見て、落ち込んでしまいました。

「神経質な人」「几帳面な人」「心の風邪」などと表記されていて、うつ病になってしまうのは

「あなたの性格に問題がある」と言われているような内容に感じられました。性格というものは、なかなか治すことも、変えることもできないと言います。と、いうことは、うつ病もなかなか治らないと、私は解釈したのです。うつ病になってしまうのは、自分の性格のせいであり、うつ病になってしまう性格を持っている「自分が悪い」からなのだと解釈してしまいました。

しかし、快復していくうちに、病気の症状を、私の言葉で説明、解説できるようになりました。結論を申しますと、うつ病にならなきゃ、わからないことばかりなのです。言葉では、言い表すことができない症状や、微妙な感情が沢山あるのです。そこで、七年間、うつ病と付き合ってきた中で、私なりに、見つけたことや、感じたことを、ご紹介したいと思います。うつ病になる理由《わけ》や、うつ病の理解の仕方、通院のコツ、治療のコツ、うつ病との付き合い方、周囲の皆様へのお願い、に分けてご説明いたしましょう。

ただし、患者の私が感じたことなので、医学的に説明するものではないことを、あらかじめご了解下さいね。

では、まず、最初に私がうつ病になった理由《わけ》について、見つめて、考えてみましょう。

うつ病になる理由《わけ》

一人ひとり、うつ病になる理由《わけ》は違うと思いますが、私がうつ病になった理由《わけ》について、詳しく探ってみることにしましょう。

二〇〇一年のお正月を迎えた頃から、ストレスは、私の周りに蔓延しておりました。まず、義父の難病の一種であるALSの告知、義父の自殺、うつ病となった夫の看病、私と嫁ぎ先との関係、そして投身自殺をした近所の少年のことでした。これだけ重なれば、うつ病になってしまっても不思議はないでしょう。私が、うつ病になってしまったことを、思わず納得してしまいます。しかし、これに加えて、うつ病の根っこになるような理由《わけ》がありました。それは、夫婦の不仲です。いわゆる、配偶者の「浮気」です。我が家の場合は、浮気ではなく、「本気」だったようですが。その時に受けた、失恋とでも申しましょうか、心の傷は想像以上に大きかったようです。このことが、うつ病になってしまった理由《わけ》の中でも、一番太い「根っこ」のようなものだったのだと思います。

仕事の疲れや、経済的なストレスもさることながら、人間関係が引き起こす心の傷が、うつ症状を引き起こす最大の理由《わけ》ではないでしょうか。言葉の暴力や、目に見えない空気の暴力、大切な人との間で生じた、なじり合い、責め合い。これは私のイメージですが、そこから生じた心の傷が、膿んで悪化して、菌が脳にまで回り、うつ病を引き起こしてしまうのではないでしょうか。人との繋がり、特に、家族間の思いやりを見直すことが、一番のうつ病の予防と対策になると私は思っています。少なくとも、私の場合は、夫の心が外に向いてしまった事実を受け止められず、心の傷を作り、自分が傷を負ったことにも気づかずにいたこと、そして、うつ病になった夫の看病の疲れがさらにうつ症状を悪化させ、最終的に、少年の自殺が、うつ病への引き金を引いてしまったのでしょう。うつ病になった理由《わけ》を知ることは、快復や予防にも繋がると思います。体調が快復した時、一度、自分なりに探ってみることも、自身の再発予防にも繋がると思います。

うつ病の実態

それでは、なぜ私たちの身体は、うつ病になってしまうのでしょうか。うつ病とは、「心の風邪」と表現されてきた頃もあったと思います。しかし、私は、「心の風邪をこじらせて、『脳の風邪』もしくは『脳炎』を、起こしているのではないかしら？」と、イメージしました。うつ病になる人のほとんどは、本人が意識していないストレスを抱えています。過労、疲労が重なり、うつ病になると言われています。また、ストレスが非常に強い場合に、うつ病になるとも言われています。心が風邪をひいているときは、自覚しにくく、心身症、パニック症状、自立神経失調症、過換気症候群などと言われることもあるでしょう。初めは、寝つきが悪い、疲れやすいといった、体調不良に気づきます。しかし、この程度では、ほとんどの人は受診しないでしょう。心が風邪をひいていることに気づかず、放っておいてこじらせたのが、うつ病なのだと私はイメージしています。

普通の風邪も、放っておいてこじらせると、肺炎になって、最悪の場合は、命を落としかねないくらいに悪化してしまいます。うつ病も、「病気」の一種で、「特別な病気」ではないのです。なのに、うつ病は、特別扱いをされるようです。人が真似できないくらい、頑張り過ぎた方がかかる病気なので、VIP待遇でもよいと思うのですが、現実はそうではありません。軽蔑視されたり、偏見の目で見られたりしてしまうのです。病気になった本人もさることながら、周囲の方々の病気への理解の薄さが、患者の快復を遅らせたり、悪化させたりしてしまっているようです。

私は、自分でうつ病だと納得できるまで、時間がかかってしまいました。それは、周囲の何気ない言葉からです。夫からは、

「俺はうつ病だけれども、お前の場合、うつ病ではない。うつ病に見せかけている」

と言われました。姑からは、

「母親の自覚が足りないから、うつ病になんかなるのよ」

と言われました。正直なところ、私自身も、病気なのか、性格なのか、根性が足りないからなのか、

病気を逆手に取っているのか、よくわかりませんでした。そして、診察の際、何度も主治医に
「私は、うつ病ですか？」

と質問しては、

「うつ病ですよ」

と、言われて安堵の気持ちになることもありました。自分でも、理解不能な行動や発言をしてしまうのです。ですから、主治医が「うつ病ですよ」と、言ってくれることで、「正気の私ではない」「自分は、病気なのだ」と思うことができて、安心することもありました。

ここで、私のうつ病の症状を、少し紹介いたしましょう。

ある日私は、内容について、詳しくは覚えていませんが、夫に女性関係について、遠まわしに質問をしたのです。この質問については、当時の主治医からは、禁句とされていました。すると、夫は、

「また、その話か。いい加減にしてくれ。俺はまだ治ってないんだから、その話は、するな」

と、強い口調で言われた時、何を思ったのか、私はテーブルにあった、一本の鉛筆をじっと見つめていました。

そこから、変な会話が、私の頭の中で繰り返されていました。

「私が、醜いから、夫は、他の人に目が行くのよ。性格が悪いから、他の人を好きになるのよ。私は、醜い。醜い。醜い」

と、自分を嘲笑う私と、

「何言っているの。何を考えているの。止めなさい」

と、止める私とがいるのです。

「あんたなんか、消えちゃいなさい。どうせ醜いんだから」

「止めて。止めて」

思わず、自分の耳を塞ぎたくなる心境でした。

　気がつくと、鉛筆を握りしめた右手は、正座した私の太腿めがけて、突き刺していました。

聞こえてきた会話や、自分がとった行動を、自分でも理解できず、自分が怖くなりました。自分が、自分でわからなくなるのです。そして、頭の中で聞こえた二つの声は、いったい何だったのだろうか？　その後も、幾度かこの二つの声は、私の頭の中で聞こえてきました。黒っぽい声と、白い声と、二つの声が聞こえるのです。

　黒い声は悪魔のように囁き、白い声は天使のようでした。しかし、悪魔の黒い声で、頭の中が覆われると、自分でも止められない、行動を起こしてしまうことが何度かありました。

このような自傷行為を、私は、「うつ病の発作」だと思います。この発作が起きる時、自殺行動にも走ってしまうことがあります。しかし、体調がよい時は、「発作」は起きません。「発作」を起こさないためにも、治療を行なっていかなくてはなりません。私の場合、この「発作」が起きてしまったのは、家族からの叱咤の言葉です。ここまでわかると、叱咤の言葉を吐く人の傍に行くのが、怖くなります。それが、私にとっては残念なことに、夫であり、姑だったのです。でも、「妻だから、嫁だから」と、自分を奮い立たせて逢おうとするのですが、身体が動かなくなるのです。

そして、寝込んでしまうのです。きっと、脳が、恐怖を記憶してしまい、行動をストップさせてしまうのだと思います。寝込む私に対して、夫は、

「お前は、ズルイ」

と言いました。私も、私は「ずるい人間なのかしら？」と、自分を疑い、自分が嫌いになっていくばかりでした。

今、快復して当時を振り返ってみると、人間は、行動を起こす時も、考える時も、感情さえも、脳から指令を受けているのです。指令を送る脳が、病気になったために、正常に機能していないのですから、自分がわからなくなるのも仕方がなかったことだと、割り切ることができるようになりました。もう、ずいぶん前から、二つの天使と悪魔の声は、聞こえなくなっています。うつ病が快

復すれば、自分で自分を理解できない言動は、なくなるのです。

この他の私の症状を紹介すると、食欲もなく、食べることも、布団から起き上がることもできず、全てが億劫でした。「億劫」という言葉を聞いてはいましたが、「この状態が、この感情が、『億劫』なんだわ」と、私が実感することができました。

二カ月くらい、布団の中で泣きながら、青空と夏の白い雲が、私の話し相手でした。その間、家事や子供の世話は、どうしていたのか記憶も残っていません。

しかし、脳さえ正常に機能すれば、全て改善していくのです。決して、性格ではないのです。病気なのです。誤解しないで下さいね。


ここで、私が見つけた「うつ病になれる三カ条」をご紹介いたしましょう。

一．優しくて、温かな人
自分の身を粉にして、夫の看病をしていた自分を思い出し、「私って優しい人なんだわ」と、気づいた時に見つけました。
二．繊細で敏感な人（芸術センスがあります）

何度も転職を繰り返していた頃、他人が想っていることを感じ取ったり、その場の重い雰囲気を読み取った時、私の体調は悪化してしまうのだと、気づいた時に見つけました。

三．**細いけれども、自分の芯をしっかり持った人（責任感があり、努力家です）**

病気に向き合い、自分と向き合っている時、「周りに流されない」「途中であきらめない、投げ出せない」自分に気づいた時に見つけました。

うつ病に「なってしまう」のではなくて、うつ病に「なれる」人たちなのです。逆に、この三つが揃っていない人は、うつ病には「なれません」のでご理解下さいね。

通院のコツ

私のイメージですが、うつ病は、脳が炎症を起こしている病気なので、治療が必要です。うつ病を治療するには、まずは専門科を受診して、服薬治療を始めなくてはなりません。そこで、通院の際のコツ、主治医の選び方をご紹介いたしましょう。これも、七年間治療をしてきて、八人の医師と出会い、見つけることができたのだと思います。

まずは、主治医の選び方です。よく、ご相談に来られた方から、こんな質問を受けます。

「どこの病院が、いいですかね」

「どこか、よい病院を知りませんか?」

と。そしたら、私は、

「あなたにとって、気の合う先生と出会って下さい」

と、お応えしています。


精神科や心療内科へは、短期間でなく、長期間通うことになりますので、通院時間や距離も、大切な病院選びの条件です。そして、「主治医に治してもらう」のではなく、「治療したいと、自らが願う」こと。治そうとする患者の気持ちに、協力的な主治医であることが大切です。横暴な医師は、避けた方が賢明ですね。主治医に合わせるのではなく、患者が主治医を選び、治療する病気なのです。患者が医師を選ぶ時代なのだと思います。受動的ではなく、能動的な治療を行なわないと、なかなか快復しないと思います。患者は、診察時に主治医との関係を築く、努力もしていかなくてはなりません。その努力に、付き合ってくれる医師を探して下さい。付き合って下さる医師は、意外と、少ないかもしれませんよ。

私は診察を始めた頃は、医療を信用していませんでした。それは、うつ病になる前からです。義父のALSや、実父の脳梗塞、娘の小児喘息の対応や、医療に対して不信感を募らせていました。

そんな中、私自身がうつ病になり、心療内科へ通うことになり、私の医療に対する不信感はさらに大きく膨らみました。

最初に受診した医院は、女性の医師でした。その時の患者は、夫でしたから、私の診察は、おまけのような対応でした。受診するたびに、泣きながら家に帰ってきていたのを覚えています。私が何か質問をすると
「そんなこと、私知らないわ」

と、突き放されるような対応や、

「ご主人は、まだ病気なんですから、あなたが我慢して下さいね」

などと言われ、医師に言われた通りにしなくてはいけないのだと思い、私は耐えていました。哀しくて辛さのあまり、私は「何のために通院しているのだろうか？」と思うようになり、治療ではなく、自分の体調を悪化させているような気がしました。それに、付き添いとは言え、隔週で診察室に入って先生にお逢いしていたのに、私がうつ病になったことに気づかずに、予防できなかった医師を信用できませんでした。

それから、別のある医師の場合は、母と診察した時に、

「お母さん。あんた何しに来たの？　廊下で待っていなさい」

と言われて、母が診察室を出て行った後のことでした。ショックから、声を発することができなくなった私の顎を掴み、その医師は、

「何、黙っているの？　喋るやろ。しゃべってみい」

と、言い放ったのです。私は、悔しくて涙が溢れて来ました。しかし、その時の私は、

「何するの！」

と、言い返せない自分の弱さに、さらに落ち込みました。その後、医師に、

「死にたいとか、思う？」

と、聞かれ、私は紙に、

「はい」

と、書きました。すると、廊下にいた母を呼び、いきなり、

「娘さんは、自殺願望があるから、入院施設のある病院を紹介するからね」

と言って、その医師は、紹介状を書いたのです。その紹介状を持って、私と母は総合病院へ行きました。それにしても、つくづく呆れるほど素直な私ですね。

　総合病院のある医師は、一度も私の顔を見ることもなく、パソコンの画面から、目を離すこともなく診察は終わったのです。

「患者の顔を見ない医師のいる病院での入院なんて、まっぴらごめんだわ。それに、こんなことで入院させるの?」

と、苛立ちさえ覚えました。声を発せない私は、紙に、

「私は、娘と二人暮らしです。入院はできません」

と、書いて帰ってきました。これが、私の出逢った、私に合わなかった医師の実例です。

それから、通院を続けていくうちに、気づけたことがあります。それは、お薬の分量や症状に対する相談をすること、主治医と二人三脚をするかのように、自分に合うお薬を共に探すことが、通院の目的なのだということです。このことに気づくまで、自分の周りで起きている現状について、詳しく診察室で話していたような気がします。「夫がどうだとか、子供がどうだとか」そして、「聞いてもらえない、わかってもらえない」と、嘆いていたことにも気づきました。私は、通院の目的とコツを知らなかったのです。

通院の目的とコツは、

・信頼できる、心を開ける医師のもとで、治療を行なうこと。

・診察の際は、医師が薬の処方をしやすいように、体調のことを中心に、自分で説明するように心掛けること。

これは、治療をしていく上で、患者に必要な心構えだと思います。病気の「治療」というのは、患者と医師が共同で行なうことなのかもしれませんね。

私が考える、理想の主治医は、

一．患者の目線に立って、話をして下さる先生。

二．患者の生き方を、応援して下さる先生。

三．笑顔が素敵な先生。

医師の皆様、勝手なことばかり言ってすいません。でも、患者として正直な気持ちです。自分と相性の良い医師を探すこと、そういう医師に出逢うことができてはじめて、治療の第一歩を踏み出せることになるのかもしれません。

～病院選びのワンポイントアドバイス～

電話を掛けてみて、受付の方の対応に不信を感じたら、受診は止めましょう。

会社も同じです。受付のスタッフや看護師には、トップである院長のカラーが現れていると思います。

患者からみた、理想の主治医

私と相性のよかった先生を、四人紹介しましょう。

宝塚市のO橋クリニックの院長、O橋先生。私が、

「先生、私、本（『バニラエッセンス』）を書きたいの」

と言った言葉に対して、

「すごい夢じゃないですか。是非、書き上がったら、読ませて欲しい。所詮、医師は教科書でしか勉強していないから、赤穂さんの体験や心情を読ませて欲しい。でも、今の体調では、書いているうちに、フラッシュバックして体調を崩す恐れがあるから、無理はしないで下さいね」

と、言って応援して下さった言葉が勇気になり、現在まで進んでくることができました。

O橋先生、ありがとうございます。当時は、患者の私に付き合って言って下さった言葉であり、鵜呑みにしてはいけないのではないかと、先生の言葉を信じられるようになるまで時間が掛かってしまいました。

二人目は、富山のF田医院院長、F田先生です。とても、温かな心が感じられました。宝塚からズタズタに傷ついた私の心を、F田先生と看護師さんが、癒して下さいました。

「大変だったでしょう」

何も言っていない私に、看護師さんが採血をしながら言って下さったのです。うつ病になって、誰からも言われたことのないその温かな言葉に、ただただ涙が溢れてきました。きっと、院長のお人柄が、看護師の方々にも現れていると思いました。

三人目は、当時富山市で開業されていたM井先生です。

「うちの主人もうつ病になって、沖縄で静養していたのよ」

と、受け付けをされていたM井先生の奥様。それから「ピア・サポート活動を行ないたい」と言った私の言葉に対して、M井先生は、

「すごく、必要な活動だと思うよ。薬だけじゃ、この病気は治らないからね。私で、できることがあれば協力するよ」

と、言って下さいました。この言葉には、うつ病を経験した先生だからこそ、説得力がありました。

M井先生が急遽、新潟へ引っ越しされることになり、転院を不安に感じていた私に対して、

「赤穂さん。次の先生が合わなければ、また変わればいいのだから、まずは行っておいで」

と、言って下さいました。私の不安な心は、一度に晴れました。

「そうですよね。そうします」

「きっと、私の役目はここまで。後は、地元の先生が、赤穂さんがやりたいピア・サポート活動の、

力になってくれますよ」

と、温かな言葉を贈って下さり、新潟に戻って行かれました。M井先生が富山で開業されていた、わずか八カ月間の運命的な受診でした。

そして、四人目は、現在のA井先生です。M井先生が書いて下さった、A井先生宛の紹介状には、

「赤穂さんは、ピア・サポート活動、NPO法人エッセンスクラブを立ち上げようとしています。力になれることがあれば、宜しくお願いします」

と、書かれてありました。診察の時、机の上に広げられていた紹介状を、こっそりと読んでしまったのですが、M井先生の温かさを感じられて、涙が溢れてきました。M井先生のご助言どおり、A井先生は、エッセンスクラブと赤穂依鈴子の応援団兼、主治医です。

こうした、素敵な医師に巡り会えたから、今日の自分にまで快復することができました。

お世話になった先生方へ
本当に、ありがとうございました。
心から、お礼と感謝を申し上げます。

うつ病との付き合い方と治療のコツ

私が、ピア・サポート活動に携わり、本の執筆もできて、人前で話せるようになるまで快復したのは、なぜでしょうか？「うつ病の経験のあるM井先生に出会ったから？」「信頼できるA井先生に出会えたから？」――もちろん、M井先生とA井先生との出会いも、大きなきっかけになったと思いますが、自分なりに、あきらめずにうつ病に向き合い、快復のコツを掴むまで、しっかりと向き合ってきたからだと思います。

私が、なかなか快復しなかった時は、

「うつ病を治そう。完治させよう」

と、必死になっていました。治そうと必死になっている時は、余計な力も入り、

「こんなに、頑張っているのに、なんで治らないの？　こんなに、お薬も飲んでいるのに、ちっとも快復しない！」

と、すぐに嘆いてしまい、体調が改善しないことに、落ち込んでしまうのです。体調がよくなった時は、人生バラ色になったかのようにはしゃぐのですが、体調を崩すと、人生お先真っ暗で、うつ病の振り出しに戻ったように、落ち込んでしまうのです。

そんな、大波小波の波乗りのような日々を過ごしていた時のことです。当時、私の父は糖尿病から、

脳梗塞で倒れて治療を行なっていました。そんな父を傍で見ていて、私のうつ病に対する捉え方に、自分で疑問を抱きました。父は、血糖値が上がらないように、毎食後お薬を服用しています。父が、お薬を飲み忘れると、母が、

「お薬、飲んだ?」

と、確認するのです。父が飲み忘れていようものなら、

「ちゃんと飲まないと、また倒れるでしょ。今度倒れても、面倒見ないからね。腎臓や目まで悪くなったらどうするの」

と、母が黄色い声で、父のお薬の服用をチェックするのです。なのに、私には、

「そんな、薬ばっかり飲んで、大丈夫なの?」

と、質問してくるのです。誰より、私自身が、どこに効いているかわからない薬を、いつまで服用すればいいのだろうと、疑問を抱いていました。しかし、父の姿を見て、ふと思ったのです。

「なぜ、うつ病のお薬は敬遠されるのに、糖尿病のお薬は勧められるのだろう? 誰が、こんな先入観を創ったのだろう?」

それは、私であり、周囲でした。

「父が、糖尿病の体質に付き合っているように、私も、うつ病の体質と付き合えばいいんだわ」

と、吹っ切れたのです。「父と同じように病気が悪化、再発しないように、お薬を服用し続けよう。もし、うつ病が治った人がいたら、いろんなこと聞きたいなあ。お薬をどのくらい、飲んでいたのか、どうやって過していたのか。病気のラインは、どこからで、どこからが性格なのかを、聞きたい」と思いました。

うつ病が特別な病気ではなく、他の病気と同じであると思えた時、さらにうつ病を治すのではなく、「付き合っていこう」と思えた時、今までの倍の速さで快復してきたような気がします。

周囲の方へのお願い

是非、お薬を服用することを不審に思わないで下さい。うつ病になったことを、責めないであげて下さい。特別な病気ではありません。頑張り屋さんが頑張り過ぎて、見えない心の骨が折れている、もしくは、脳が炎症を起こしているような状態だと想像して下さい。快復には、時間がかかりますが、必ず快復します。ご本人が元気になった姿を想像して、その日が来ることを信じて、気長に待ってあげて下さい。自分の思い通りに動かない意識と身体に対して、一番辛くて、悔しい思いをしているのは、うつ病になっているご本人です。残念ながら、うつ病になっていない方々には、想像することも、理解することも、困難なことなのです。想像を絶する苦しさです。

ですが、周囲の方ができることは、ちゃんとあります。ご本人を信じてあげることです。そして、いつも、微笑んで接してあげることです。心がけて下さることで充分です。間違っても、うつ病の方に、イライラをぶつけたり、嘆いたり、愚痴ったりしないで下さいね。心と脳が弱ってフラフラになっている病人なのですから。心の骨が折れて、見えないギブスをしています。お互いを思いやり、気遣うことができれば、病気も快復しますし、お互いの関係は、今まで以上に素晴らしい関係になることでしょう。そして、夫婦、親子、友人、仕事上の関係であっても、よりよい関係が築けることでしょう。

うつ病になる方は、優しい方ばかりなので、わざと相手を困らせようとすることは、まずありません。あらかじめ、ご理解くださいますようお願い申し上げます。

心の支え

うつ病の治療には、休養とお薬は不可欠です。でも、もう一つ、必要なものがあります。それは、「心の支え」です。もし、これがなかったら、私はここまで、快復できなかったと思います。では、私を、快復させてくれた「心の支え」を、具体的にお教えしましょう。

一．愛猫ガオちゃん

毎日泣いて空を眺めていた私の側に来て、寄り添うように寝てくれたのは、愛猫ガオちゃんでした。私は、相変わらず不調で、二〇〇二年一二月三一日、夫と娘は、赤穂家恒例の温泉へ出かけて留守でした。私も、頑張って行こうとしたのですが、当日の朝、やはり行くことができませんでした。そんな私に、夫は、

「おまえは、親戚と付き合うのが嫌なんだろ。寝とけや」

と捨て台詞を吐くように、娘と楽しそうに出かけていきました。家には、私と愛猫のガオちゃんと、二人（?）だけでした。夫の言葉が耳に残り、「私はズルイのだろうか？　親戚と付き合いたくないから、病気の振りをしているのだろうか？　娘も私がいない方が……」――気づいたら、家にあった、私と夫の二人分の睡眠薬を服用していました。どのくらい眠ったのでしょうか？　自分が取ってしまった行動に、呆れて情けない自分に涙が溢れてきました。「こんな姿を夫が知ったら、また怒られる。留守中でよかった」と、ホッとしていました。

その時、思わず「痛い！」と、私は叫びました。ガオちゃんのザラザラの舌が、目じりから零れ落ちた涙を拭ってくれたのでした。私には、拭ってくれる「人」はいませんでしたが、「猫」が一匹いてくれました。「私がいなくなったら、ガオちゃんは、野良猫になってしまう」と、思ったら

「死んでいる場合じゃない。ガオちゃんを、野良猫にさせないためにも、早く元気にならなくちゃ」と、自殺願望を振り払えた時もありました。ガオちゃんがいなかったら、勢いあまって、逝っていたかもしれません。悲しい時、一緒に泣いてくれる誰かがいたら、心強いですね。それは、人じゃなくて、私のように、猫や動物、人によっては花や、鳥でも心の支えになるのかもしれませんね。

二．心友《しんゆう》

私が自殺未遂をした時、責めずに、何も言わずに、遠くから心地よく支えてくれた人がいます。昔、同じ職場だった同い年の人です。私に、理由を聞くわけでもなく、夙川の鳥や、季節を感じられる風景などを写メールで送ってくれました。彼が、どれだけ孤独な私の心を、支えてくれたことでしょう。感謝しても、感謝しきれません。残念ながら、彼とは、恋愛感情に発展しなかったのですが、彼の支えがあったから、私は、今、生きていられているのだと思っています。私は、家族でも、恋人でもなく、友達以上の人を「心友《しんゆう》」と、言っています。私たちは、お互いの仕事の夢について語り合い、応援し合いました。もちろん、エッセンスクラブのことも、『バニラエッセンス』のことを話した時も、遠くから私を応援し続けてくれました。不安になり迷った時、勇気が出るメッセージを、いつも贈ってくれるのです。彼は、念願の沖縄へ移住し、好きなデザインの仕事をしています。今も、夢について、年に一度くらい、近況報告をしています。不思議な心友《しんゆう》の存在です。

三．エアロビクス

それから、私の快復に欠かせないのが、エアロビクスでした。家事ができなくても、スポーツクラブへは行ける日もありました。スポーツクラブに行けて、家事をしないのはずるいと言われそうで、頑張って家事をしたこともありました。でも、うつ病の時は、好きなことができない。行きたいのに、行けない辛さや、悲しさがありました。スポーツクラブへ通えるか、通えないかを、私はうつ病のバロメーターにしてきました。

なぜ、エアロビクスなのか自分でもわかりませんが、うつ病になる前は、エアロビクスが大好きで、毎日のように、スポーツクラブへ通い、健康に暮していたのです。もともと好きなエアロビクスと、インストラクターの先生が、うつ病になった私を元気にしてくれました。宝塚Kスポーツの U本先生です。健康的で、とても素敵な女性でした。先生が、優しい笑顔で「赤穂さん、こんにちは」と挨拶してくれるだけで、元気になれました。笑顔の力は凄いです。「今日、頑張って来てよかった」と思えるのです。実際、身体を動かすと、気持ちも、身体も軽くなるので、一石二鳥です。

日によっては、スポーツバッグに着替えを詰めて、準備をして玄関まで行くのですが、出かけられなくなることもありました。玄関を出てスポーツクラブへ到着するまでが、うつ病の私にとって、遠く長い道のりなのです（実際は徒歩五分なのですが）。

エアロビクスは、ずっと続けてきました。行けない時期もありましたが、そんな時も「いつか元気に、通えるようになりたい」と願い続けてきました。今では、週四日行けるようになりました。心身共に、完全復活を感じつつあります。

人に薦められたことより、実際に自分が心地よい人、心地よいことを取り入れて、日々を過してきたことも、快復の秘訣です。

皆さんは、ご自身が心地よいことを知っていますか？　まだ、知らなかったら、興味が湧いたことを、自分の経済力で行なってみて下さい。ただし、自分の経済力、責任で始めることがポイントですよ。

実際、私は、スポーツクラブの会費を稼ぎたいと思ったことが、パートを始める動機になったのです。最初は三時間、三時間が五時間、五時間が八時間とパートの時間を延ばし、社会復帰のリハビリにもなり、自信がついて今の私があります。何がきっかけで、人生変わるか、やってみないとわからないのです。人生に失敗はないのです。全てが、経験で、教訓になるのです。是非、勇気を出して一歩踏み出して下さいね。昨年、バイパス手術後の血管が癒着してしまい、私の左膝下動脈は、また詰まってしまいました。激しい運動の際、足がつってしまいます。再手術にならないように、補助血管を育てるために、適度な運動を心がけています。いつ、脚が切断されても悔いのないように、運動ができる身体と共に、今を大切に過ごしたいと思っています。そして、楽しいと思えるエアロビクスを、思う存分楽しみたいと思います。

四．家族

家族の支えは、大きいです。小さな身体で一生懸命に、私を支えてくれた、娘の支えは大きいものでした。うつ病を発症して間もない頃の私は、家事も育児もできず、布団の中で一日を過ごしていました。ある日、台所で何か物音がしたので、台所の方に目を向けると、椅子に登って何かを取ろうとしている、娘の小さな足が見えました。何をしているのか、気にすることもできず、娘の足が、私の目に映ってくるだけでした。しばらくすると、

「はい、ママ。ママは、トーストが好きでしょ。だから、作ったの」

と、トーストに、マーガリンとイチゴジャムを塗って、私が寝ている布団のところへ持って来てくれました。娘は、食器棚にあるお皿を取るために、椅子に登っていたのでした。娘の小さな足と、

大きな優しさの光景は、今も忘れません。何もしない、何もできない私を責めることなく、娘は私のために、トーストを焼いてくれたのです。娘の優しさは、当時の私には痛いほどでした。娘が焼いてくれたトーストを、私は嬉しくて、布団の中で泣きながら食べました。「美味しい」というより、温かな味でした。この目の前の娘のために、「笑いたい」「笑えるお母さんになりたい」と、想いました。椅子に登って、食器を洗ってくれたり、洗濯物をたたんでくれたり、頼んでもいないのに、自分から進んで家事をして、私が不調な時を支えてくれたのです。娘は、私から離れることもなく、見捨てることもなく、今もずっと私のそばにいます。私には、夫はいませんが、優しい娘がいます。「この娘を守れる、強い母になりたい、優しい母になりたい」と、心と身体を磨いて鍛えています。私は、娘にいろいろなことを教わっています。親は、子どもに教えるのではなく、子どもから「親とは何か」を教えてもらっているのだと想います。この心地よい親子関係も、うつ病が教えてくれました。

そして、両親です。些細なことで言い合いになって、けんかをしても、肝心なところで助けてくれたのは母で、そして、不器用な父は、そっと見守ってくれたのです。母は、現在ピアサポート活動の一つ、「癒し茶屋」のお手伝いをしてくれています。お手伝いをしながら、うつ病のことや、私が行っている活動のことを理解しようと、努力してくれているようです。母と一緒に、活動を行える日を迎えられた、今が幸せです。そして、母を大好きになれました。母のうつ病の理解度は低いかもしれませんが、どんな時も、私に元気な笑顔をプレゼントしてくれました。その笑顔のパワーで、私はここまで元気になれたのかもしれません。ご家族の皆さんへ、是非私の母のように、元気で明るい笑顔を、患者さんへプレゼントできるように過ごして下さいね。ようやく、両親に感謝することができました。離婚をして富山に住んだからこそ、両親、家族の温かさに気づくことができました。これが、「血縁」というものなのでしょうか？　私には、そんな温かな家族がいます。でも、世の中には、家族にさえ支えてもらえず、治療をしている人もいるでしょう。そんな方に伝えたいです。

「今、ご家族との関係がうまくいっていなくても、家族の関係がよくなる日が来ることを、願ってみて下さい。家族団らんのワンシーンを描いてみて下さい。その日が来るまで、エッセンスクラブがそばにいますよ。もう、ひとりじゃないよ」

って。

「血の繋がりがなくても、同じ病気になって、心の繋がりがありますよ」

って。

義父も、血は繋がっていませんでしたが、何か見えない運命で繋がっているような気がします。

私が、関西へ上阪したのは、義父に出会うためだったとしたら、素敵な人生を歩んで来れたと思えます。そして、今も星になって、私と娘を見守ってくれているような気がします。

五．そして、一番近くにいた、自分

最強の心の支えは、自分です。世の中で一番の理解者で、応援団は、「私」ですね。誰の言葉でもない、自分自身の言葉を信頼し、行動できるようになれば、うつ病もかなり快復しているのではないでしょうか？

私も、自分を相談相手にして、行動できるようになり、幾度も自分と相談をしてきました。離婚する時も、転職する時も、エッセンスクラブの活動を始める時も、自分と相談をして決めました。もちろん、周囲の温かな人たちにも支えられてきましたが、最後に決断をしてきたのは、誰でもない、私自身です。

人生には、失敗もないから、不安もありません。それに、自分は、自分を裏切ることがありませんから、落ち込むこともないのです。すごく楽ですよ。是非あなたも、あなた自身と語り合い、相談して、人生を進んでみて下さいね。陰ながら応援しております。

うつ病になって見つけたモノ

快復のためのトライアングル

うつ病になって、幸せに生きるためのヒントを見つけることができました。うつ病の闘病経験は、貴重な経験ですが、誰にでも気軽にできるものではありません。きっと、選ばれた人だけが経験できる、貴重な経験なのだと思います。

私が見つけたモノ、気づけたことは、家族の大切さ、愛、生きる意味、仕事の意味、人との繋がりの大切さ、自分を大切に想い信じることです。ほらね、たくさんあるでしょう。全部、私の大切な宝物です。

人生を幸せに生きるためには、心を安定させることが大切なことだと思います。心を安定させるために、必要なことが三つあります。それは、

・愛
・夢、仕事
・経済的な安定

この、三つのバランスを整えるために、人は生きているのではないかと思います。このバランスを知ることが、幸せへの第一歩なのだと思います。このバランスの大切さに最近気づきました。全てを手にするまでは、幸せになれないのだと、勘違いしていました。手にしようと進んでいることが、既に幸せ人生へと進んでいるのだと思います。ですから、私は、今とても幸せです。うつ病が、私に幸せとは何かを教えてくれました。幸せになる方法と、うつ病の克服法は、深く関わっているのです。うつ病の克服を考えるより、幸せになる方法を考えた方が、身につきやすいかもしれませんよ。

それでは、まず最初に「愛」について、お話ししましょう。

愛する大切さ

愛には、いろんな愛があります。人間愛、動物愛護、家族愛、モノを大切にできるのも、「愛」着があるからです。特に大切なのは、恋愛の愛ではないでしょうか？　恋愛から夫婦、親、家族が成り立ち、その一人ひとりが社会を支えています。一人が幸せでないと、幸せが皆に波及しないような気がします。

うつ病になって、「素敵なパートナー」と、いう言葉をよく耳にしました。恋人、結婚相手ではなく、「人生のパートナー」です。「生涯の最後、一緒にいたい」と想えるパートナーです。素敵でしょ。そんなふうに想える人と、共に生きていきたいと思いました。

お恥ずかしい話ですが、私は、夫と「赤い糸」で、結ばれていると信じておりました。そう信じて、一〇年前に結婚したのですから。私にとって、こんな素敵な男性は、夫以外にいないと、ずっと、ずっと信じておりました。知り合って一四年、結婚一〇年目、その時までは、人生最後まで夫を信じて添い遂げると疑いませんでした。しかし、結婚後一〇年が過ぎて、私が思い描いていた理想の夫婦とは、あまりにもかけ離れた関係になっていました。世間では、空気のような存在、気を遣わない関係を「夫婦」というようですが、私は違います。恋愛感情を、いつまでもお互いに持ち続けたいと思います。いくつになっても、手を繋いで歩きたい。きれいな月を観て、共に「きれいな月だね」と共感したい。それが、私の理想の夫婦でした。しかし、実際は家政婦、母親という役目がクローズアップされて、私の理想の結婚とは、随分違った結婚生活になっていました。以前のように、夫に、恋愛感情を抱きたいのに、抱けない自分の気持ちがあったのです。

「もう、愛していないのかな？　愛したいのに愛せないのは、なぜだろう？」

こんな気持ちで生活をしていた最中に、夫婦揃ってうつ病になってしまったのです。夫婦揃って、看病し合い、本当の夫婦に辿り着けるものだと期待していたのですが、結果は、別々に歩む「離婚」でした。愛情を持って看病されるかされないかで、うつ病の症状も変わってくると思います。夫婦がすれ違うのは、お互いの努力の足りなさだと思っていました。でも、そうではなく、そういう人生で、運命なのかも知れないし、努力が足りなかったのかもしれません。でも、人生には正解や答えはないのです。そうだと思えばそうなのです。だから、私は離婚する人生が、私の人生だと、思うことを選んだのです。そう頭が理解するまで、かなり時間がかかりました。「もし、私の理想のパートナーがこの世に存在しなければ、それでもいいでしょ。いるならば、どうか、巡り会わせて下さい」と、現在お願いしております。

どうやら、理想とかけ離れ過ぎた現実も、うつ病になってしまう「心の傷」を作ってしまうようです。例えば、進学、結婚、仕事、生活など、それぞれに自分の理想があったはずです。それが、現実をみると……。

老いてからも、手を繋いで一緒に歩けるパートナーが現れることも、今の私の夢の一つですね。愛する人、想う人がそばにいると、人は優しくなれたり、きれいになったり、輝いたり、仕事も順調になるのは、愛のパワーも関係していると思いますよ。それから、目の前にいる（現れた）人が、赤い糸で結ばれているパートナーなのかを、確かめることも人生の一つなのだと思います。あなたが愛する人は、誰ですか？

私にとって愛する人（モノ）は、娘、愛猫、ワンルームのお城、そして……。もし、今いない（ない）と思っているようでしたら、ぜひ探してみて下さい。意外と近くにいる（ある）かもしれませんよ。

夢、仕事

人は、仕事をしないと生きていけません。今の日本ではですよ。無人島に住むのは別ですが。

今まで、なぜ仕事をしなければいけないのか、深く考えたことがありませんでした。学校を卒業して、大人になれば、就職することが当然で、あたりまえだと思っていました。玉の輿に乗れば別ですが。結婚をすれば、夫が仕事をして給料を入れて、私が家事という仕事をして生活をすること

が当然だと思っていました。でも、うつ病になって人生をひとときお休みして、

「いったい、私はどんな仕事をしたいのだろう?」

と、疑問を持ち始めました。主婦、事務職、サービス業、営業、どれも、ピンとこないのです。現在、アルバイトをしているコンビニに来る、お客様を見てふと思いました。

「みんな、眠そうに、気が重そうに、缶コーヒーやタバコを買いにお店に来られ、楽しそうに出勤しないのはなぜだろう? なぜ、気が重い仕事にいくのだろう?」

と、疑問がわきました。そこで、いろいろ考えてみました。「働く」ということに対して、新たな発見をすることができました。「働かせてもらう」という気持ちです。いろいろな病気を抱えている私に対して、「クビ」だと言った会社もありました。しかし、コンビニの店長は、病気のことを知っているはずなのに、触れようとせず、近所の住人で、客の一人でもあった私を、採用してくれたのです。エッセンスクラブの活動内容についても、偏見を持つことなく、むしろ陰ながら応援をして下さっていることに、心から感謝し、働かせてもらっております。それから、接客のお仕事は「おはようございます」「ありがとうございます」「かしこまりました」などなど、笑顔で、丁寧できれいな言葉を遣うからでしょうか。気持ちも穏やかで、優しくなれます。また、お客様から「ありがとう」のお礼の言葉や、笑顔のお返しがあると、元気になれることにも気づきました。で

すから、私は気が重く仕事をしたことがない、仕事や職場で働けていることを、幸せだと思いました。

それから、人は、欲しい物を買う、行きたいところへ旅行する、食べたいものを買って食べるために、仕事をしているのだという単純なことに気づいていなかったのです。自分のしている仕事や職場が、好きか、嫌いかで、もしかしたら、人生の流れが変わるかもしれませんね。

自分は、どんな仕事をしたいのか、どんな人生を送りたいのかを、知ることがとても大切なことだと想います。いわゆる、人生の夢です。子どもの頃は「将来の夢」について考える機会がありました。しかし、大人になったら「夢」を描くことを忘れていました。私は、うつ病になり「人生の夢」を描くことができました。うつ病が夢を描くことの大切さを、私に教えてくれたのです。私の夢は「執筆、出版」「ピア・カウンセラー」「幸せな人生を送る」です。

経済的な安定

私は、エッセンスクラブの仕事や、講演活動、啓発活動に満足しています。でも、経済的に不安定なので、コンビニでアルバイトをして、心と生活の収入のバランスを取っています。このバランスが、とても大切なことだと思います。

エッセンスクラブの活動を始めて二年間は、貧乏どころか、借金が膨れ上がりました。いくら、やりたいことができて、幸せを感じていても、毎月銀行から「家賃の引き落としができない」と電話が鳴ったのでは、心も晴れません。うつ病にもよくありません。そして、活動を始めて二年目の時、時間を調整して、コンビニでアルバイトをする時間を作りました。これで、心と、生活の収支のバランスが取れたのです。離婚をして、人生がうまくいかなかった頃のコンビニのアルバイトは、情けなさでいっぱいで、泣きながら仕事をしていました。でも、同じ仕事なのに今は違います。やりたいことが見つかり、実際にやりたいことができている、足りないものを補うためのアルバイトは、充実感でいっぱいです。心を満たすだけで、同じ仕事なのに、楽しく前向きな気持ちで、取り組めるのです。接客や商品の整理、清掃は、日常に活かすための勉強の場に変わったのです。そして、娘との生活に潤いが出て充実しています。

病気を治しながら、人生を進む時、愛、夢、経済のバランスを頭のどこかに置きながら進んでみて下さいね。私は、この三つのバランスを意識して行動するだけで、心が満たされると思います。言い換えれば、心を満たすためには、愛、夢、経済のバランスを意識することが大切だと思います。それが、幸せへの近道だと思います。

自分と共に生きる

体調が快復してくると、いろいろなことを冷静に振り返れるようになってきます。

最近の私は、すごく穏やかになれたと思います。イライラしなくなったし、笑って過ごせることが多くなってきたのです。もともと、穏やかな私だったのか、穏やかに変われたのかは、定かではありませんが、今の私が心地よくて好きです。こんな、穏やかさでいられたら「離婚をすることもなかったのかな?」と、つい、過去を振り返ってしまいます。しかし、あのまま、結婚生活を継続していたら、今の私には、なれていませんね。生きていたかも、定かではありません。

人生で悩んだ時、つい「どっちが正しいのだろうか? どのように進めば、幸せになれるのだろうか」と、迷ってしまいます。悩みすぎて、うつ病になる場合もあるのかもしれないし、人生の答えを探すために、うつ病になったのかもしれません。本当のところ、誰にも、私の人生の正解なんてわからないし、正解自体、存在しないのだと思っています。でも、正解を求めて、もしくは、正しい道や、幸せな人生を探して、生きている人も少なくないのではないでしょうか? 私もそのうちの一人でした。

うつ病は、「完治する」とは表現しないそうです。「寛解《かんかい》する」というそうです。確かに、いつからうつ病になったのか、いつ治ったのかもはっきりとはわかりません。今、とても元気ですが、まだ微量に薬も服用しています。エッセンスクラブの活動（ピア・サポート活動）を行なっていても、ハキハキと人前で講演活動を行なっていても、時々、不調になる時があります。一年のうち、数回体調を崩します。お正月、ゴールデンウィーク、お盆ですね。どうしても、家族と過す時期は辛いのです。この時期、娘は、父親やおばあちゃん、従姉妹がいる宝塚への帰省を楽しみにして、一週間ぐらい不在になります。その時は、エッセンスクラブの活動もお休みです。この時に、溜まった仕事を片付けようと思うのですが、ダメなのです。パソコンを開いて仕事をしようとしても、開けないのです。一日を寝て過してしまいます。早朝三時間のコンビニのアルバイトだけは、頑張って行きます。でも、寝起きも悪いし、やはり不調を感じます。こんな時は薬も増やして対応します。三時間のコンビニのアルバイトを終えると、クタクタで布団に潜り込みます。

ついつい、余計なことを考えてしまいます。「私の人生は、何でこうなのだろうか？」「どこで、間違ったのだろうか？」「あんなに幸せで、楽しい学生生活、恋愛、青春時代を送って来たはずなのに」親戚だった人たちも、離婚してしまえば、ただの他人。人間社会は寂しい世界だと思ってしまいます。「なぜ、人と人は、優しさや温かさで繋がることができないのだろうか？」「私は、何をしてしまったのだろうか？」考えても、答えの見つからない迷路へと迷い込んでしまうのです。この人間社会の問題が、私のうつ病になった理由《わけ》なのかもしれません。うつ病になってしまう理由《わけ》も、正解などなくてわかりません。そして、数日迷路の中をグルグルさまようのです。

　最近では、随分慣れてきて、こんな体調にも動じなくなりました。開き直って、何もしない一週間にするのです。TVも観ない、電話も出ない、メールも見たり、送ったりしない。そんな一週間にします。娘が宝塚から戻り、暫くすると、薬も効き始めるのだろうし、少しずつ体調は快復します。そして、迷路のことも頭から離れて、日常生活が戻るのです。こんな生活を、もう五年も送ってきてしまいました。いつか、迷路の出口が見つかる日を信じて、焦らず、進んで行こうと思います。きっと、毎回、何か違う発見があるでしょう。

　本調子に戻らなくて、気分が優れない日に、エッセンスクラブの活動の日が来ることもありました。

「何でこんなに辛い想いの時に、活動をしなくてはいけないの？　私の辛さは、誰が、何が解消してくれるの？」

と、辛さに押しつぶされそうな時もありました。そんな時は、「今日、活動へ行けば、何か見つかるはず」と、信じて出かけます。そして、無事活動が終了した時、参加者の皆さんが、和やかに話す雰囲気や、

「今日は、辛かったけれど、来てよかったです」

と、笑顔で帰られる姿を見て、私は元気になれます。ここを必要としてくれる人たちがいることで、私自身が元気になれるのです。このピア・サポートの活動が、私を元気にしてくれるのだと、発見することもできました。辛い時こそ、ちゃんと自分に向き合えば、ご褒美に、きっと何か見つかるのだと思います。

Y川さんから、いただいたメッセージです。「辛」という漢字は、あと一本足せば「幸」になると教えてくれました。ホント!勇気の出るメッセージです。辛さに、負けそうな時もあるけれど、辛さと同じ分だけのご褒美が見つかることを信じて、これからも自分の心情に向き合って、自分と共に生きたいと思います。

うつ病からのプレゼント

私は、うつ病という病気になって苦しくて、辛くて、哀しい時間を随分過ごしてきました。苦しくて、辛かった分と同じくらい、幸せや喜びも、私の人生に届きました。うつ病にかかる前に比べて、私自身や私の人生は、素敵に変わりました。うつ病からの素敵なプレゼントだと思っています。

日々の生活の中で、今までの私だったら、目の前で泣いている人がいても「どうしたのだろう?」と、気になりながらも、素通りして生きてきたような気がします。今は、目の前に泣いている人がいたら、立ち止まり、「どうしたの?」と、聞いてあげられる私になれました。私の中にあ

る優しさや、物事に対する感受性を、今の私は、まろやかで、素敵だと思います。自分で言うのも何ですが、自分自身を素敵だと、絶賛できる私になれたのです。ここまで、誉められる私が好きです。うつ病になってしまうのではなくて、うつ病になれる三カ条まで見つけてしまったのですから。

一．温かな人

二．繊細な人

三．細いけれど、芯をしっかり持った人

です。正に、私です。（照笑）

そして、ピア・サポート（セルフヘルプ）活動を、行なうことができるまでの人間になれました。これは、うつ病の経験がなければ、できませんよね。私の今の人生そのものが、うつ病からのプレゼントなのだと思います。うつ病というリボンの付いた箱が届いたら、箱を開けてしっかり中身を確かめてみて下さいね。あなたの人生を素敵に変える、何かが入っているはずですから。

あとがき

　こうして、執筆をすることにより、正直な私の気持ちに巡りあえたような気がします。正直な自分に巡り会えることが、うつ病の「寛解《かんかい》」なのかもしれません。私の心は、常に変化します。少し前の気持ちと、今の気持ちが違うことがあります。秋の空と、山の天候と、私の心の変化は、似ているのかもしれません。周りも、私もその変化についていけない時もあります。『バニラエッセンス』を書かせていただくことで、私は自分自身を深く見つめることが、できたような気がします。このような、執筆、出版の機会を与えて下さった、星和書店の石澤社長、社員の皆様、現主治医のA井先生、本当にありがとうございました。素人の私の文章に、魔法の粉を掛けて素敵に仕上げて下さり、心から感謝申し上げます。

　学生時代、国語の成績で三しかもらったことのない私が、こうして執筆しているだけでも、世の中の皆さんに勇気を与えられることなのかもしれません。一人ひとりの可能性とは、無限です。私も、七年前までは、どこにでもいる普通の専業主婦だったのです。それぞれの人生、これからどうなるかなんて、誰にもわかりません。明日どうなるのかもわかりません。今日できることを、どんなことでも、ひとつでもいいから、心を込めて過ごすことは誰にでもできます。そして、自分で幸せを掴むことができるのは、確かです。それは、幸せになれることを信じて、諦めなかった人にだけ訪れる幸せです。夢も願えば叶います。でも、願わなければ叶いません。

今の私の夢は、全国でうつ病啓発を行なうこと。私自身が幸せな人生を送り、幸せな人生について講演活動をすること。今後、チャンスがあれば「赤穂流、うつ病克服法」「幸せをつかむ方法」「幸せ家族を作ろう」などなど、私が実践して、出版したいです。そして、執筆や講演で生計を立てて、アルバイト生活を卒業すること。今より、ちょっと大きめの冷蔵庫を購入すること。体脂肪を6％減らすこと。それから、この『バニラエッセンス』が、ベストセラーに。どうせならミリオンセラーになること。娘の幸せな人生を見守ること。そして、理想のパートナーと出会い、幸せな人生を共に歩むこと。……などなど。

いっぱいあり過ぎて、書ききれないくらいです。

ねっ、夢を描くって簡単でしょ。想うだけ。口にするだけ。
是非あなたも、あなただけの幸せを描き、口にして、体感してみて下さいね。そして、あなたの幸せの報告をお待ちしております。

二〇〇九年三月吉日

赤穂　依鈴子

【著者について】

赤穂　依鈴子（あこう　えりこ）

1968年1月16日、富山県富山市生まれ。

NPO法人エッセンスクラブ理事長。

うつ病患者および家族支援活動、ピア・カウンセリング、

うつ病啓蒙のための講演活動などを行う。

テレビ、ラジオ番組にも出演。

バニラエッセンス　うつ病からの贈りもの

2009年3月29日　初版第1刷発行

著　者　　赤穂依鈴子
発行者　　石澤雄司
発行所　　株式会社 星和書店
東京都杉並区上高井戸1-2-5　〒168-0074
電話　03(3329)0031(営業)／03(3329)0033(編集)
FAX　03 (5374) 7186
http://www.seiwa-pb.co.jp

　ISBN978-4-7911-0702-5